Die Kellers

Renate Baum

DIE KELLERS

Eine russlanddeutsche Aussiedlerfamilie

Bibliografische Information der Deutschen
Nationalbibliothek: Die Deutsche Nationalbibliothek
verzeichnet diese Publikation in der Deutschen
Nationalbibliografie; detaillierte bibliografische
Daten sind im Internet über http//dnb.dnb.de
abrufbar.

Umschlagbild: A. Savin (Wikimedia Commons)

Herstellung und Verlag:

BoD – Books on Demand, Norderstedt

ISBN: 9783744890588

PERSONEN

Nikolaj/Kolja Keller (16)	Sohn der Kellers
Viktor/Vitja (14)	sein Bruder
Marija/Mascha (knapp 18)	seine Schwester
Valentina/Valja (43)	seine Mutter
Gennadij/Gena (44)	sein Vater
Igor	der älteste Bruder, gest. mit fünf Monaten, wäre heute 23
Aslan (20) Turgut	türkischer Freund von Mascha
Aktan (12)	sein Bruder
Aysel (10)	seine Schwester
Natalja/Natascha/Tascha (16)	Nikolajs Freundin
Sonja (12)	Nataschas Schwester
Pawel/Pascha (10)	Nataschas Bruder

5

Olga und Vadim Engel	Eltern von Natascha
Wladimir/Wolodja (16)	Nikolajs bester Freund
Dima (30)	Wirt des Eiscafés
Lena (18)	Maschas beste Freundin
Isa (16)	Nataschas 1. beste Freundin
Tatjana/Tanja (16)	Nataschas 2. beste Freundin
Andrej/Andrjuscha	Arbeitskollege von Gennadij
Konstantin/Kostja „King" (28)	Anführer von Viktors Gang
Boris/Borja (16)	„Vize"-Anführer der Gang
Oleg (14)	Kumpel aus Viktors Gang
Piotr/Petja (15)	Kumpel aus Viktors Gang
Tobias/Toto (19)	Lenas Freund

Niklas (20)	Aslans Freund
Sebald	Kommissar
Jana Messerschmidt	Kriminalhaupt-kommissarin
Dietmar Brenner	Polizeihaupt-meister
Claudia Schaller	Polizeihaupt-meisterin
Bertram	Mobbingopfer in Nikolajs Klasse
Dennis	heiml. „Leader" in der Klasse
Frau Lindenberg	Nataschas Klassenlehrerin
Annika Lohmann	Maschas Deutschlehrerin

1

Nikolaj Keller - gerade 16, schmal, schlaksig, in der üblichen Montur Jeans, T-Shirt und Jeans-Jacke - kam in die Küche. Sah seine Mutter Valentina am Herd hantieren. Sofort stieg wieder dieser unbezwingbare Zorn in ihm hoch. Den er sich nicht erklären konnte. Sie hatte ihm nichts getan. Jedenfalls im Moment nicht.

Mit zusammengekniffenen Augen beobachtete er die Verrichtungen der kleinen, fülligen Person am Herd. Die drehte sich nicht zu ihm um. Wusste, wer da gekommen war. Als die Wohnungstür ins Schloss fiel.

„Essen ist gleich fertig, Kolja." Sagt sie. Auf Russisch. Und fragt in der selben Sprache: „Wo bleiben deine Geschwister?"

„Warum sprichst du Russisch und nicht Deutsch? Wo du doch unbedingt in Deutschland leben wolltest?" Herrscht Nikolaj die Mutter an. Auf Deutsch.

Jetzt wandte sich Valentina doch um. Ihr rundes Gesicht war gerötet. Von der Hitze des Herdes. Aber wohl auch vom Ärger über die Frage des Sohnes. Die hatte sie durchaus verstanden.

„Wie redest du denn mit mir?" Fragt sie empört. Wieder auf Russisch.

Nikolaj winkte ab. Für ihn war das Gespräch beendet. Er ließ die Mutter stehen. Ging in sein Zimmer. Das musste er mit seinem jüngeren Bruder Viktor teilen. Nur seine Schwester Mascha, die demnächst achtzehn wurde, hatte einen winzigen Raum für sich alleine. Der war von der Wohnungsbaugesellschaft als halbes Zimmer ausgewiesen. Entsprach aber wohl eher einem Viertel. Kaum mehr als eine Kammer. Ein Bett. Ein kleiner Tisch. Ein Stuhl. Ein schmaler Schrank. Das war's. Na ja, viel mehr Platz hatten er und Viktor auch nicht. Das Zimmer war zwar größer. Aber es musste alles doppelt untergebracht werden. Zwei Betten. Zwei Tische. Zwei Stühle. Zwei Schränke. Die Eltern teilten sich das Wohnzimmer. Das war zugleich auch Schlafzimmer. Abends wurde der Tisch weggerückt. Die Schlafcouch ausgeklappt. Und das Bettzeug aufgelegt. Morgens das Ganze im Rückwärtsgang. Das einzig Schöne an dieser Wohnung war der Blick aus dem Fenster. Fand Nikolaj. Aus dem Fenster im zehnten Stock. Die ganze große Stadt lag einem zu Füßen. Bei klarem Wetter konnte man bis zum Fernsehturm sehen.

Noch etwas Gutes hatte dieses Hochhaus: die vielen „Russen"-Kumpel. Eigentlich waren sie ja gar keine Russen mehr. Sondern Deutsche. Hatten die deutsche Staatsbürgerschaft und einen deutschen Perso. Mussten nicht erst groß Anträge stellen wie die Türken drüben in dem anderen Hochhaus. Hatten die Papiere gleich bekommen. Einfach so. Weil sie deutsche Vorfahren hatten. Die mal nach Russland ausgewandert waren. Vor Jahrhunderten. Klar, der Name „Keller" war ja deutsch. Der hatte in der damaligen Sowjetunion zu Schwierigkeiten geführt. Sagten die Eltern. Für die Ausreise war er ein Vorteil gewesen.

Nikolaj warf sich auf sein Bett. Dessen Decken- und Kissengebirge hatte die Mutter in eine makellose Ebene verwandelt. Während er in der Schule war. Er zog sein Smartphone aus der Jeanstasche. Prüfte, ob es neue Nachrichten gab. Nur eine. Wieder von Natascha. Die bildete sich immer noch ein, seine Freundin zu sein. Dabei hatte er ihr unmissverständlich klar gemacht, dass er seit jener Geschichte nichts mehr mit ihr zu tun haben wollte. Aber sie gab keine Ruhe. Nervte ihn täglich mit mindestens fünf SMS. Wieder und wieder versicherte sie, wie Leid ihr das täte. Dass es doch ohne Bedeutung gewesen sei. Bla, bla, bla... Ohne Bedeutung! Das sah er anders.

Ärgerlich drückte Nikolaj die Nachricht weg. Zog Ohrstecker aus der anderen Hosentasche. Holte sich Musik aus seinem „Flachmann". Und träumte von Zuhause. Zuhause – das war ein Dorf in der weiten Steppe Kasachstans. Sein Dorf. Das er vor zehn Jahren als Sechsjähriger verlassen musste. Weil die Eltern es so wollten. Das ganze Dorf war voller Kinder gewesen. Jeder kannte jeden. Was jetzt wohl die Kumpel dort machten? Schufteten sie wie ihre Eltern? Im Haus und in der kleinen Landwirtschaft? Die hatte fast jeder dort. Die, die besonders gut waren in der Schule, würden wohl in der Gebietsstadt die Hochschule besuchen. Aber vielleicht waren die meisten auch weg. Ab nach Deutschland.

Das Leben im Dorf war einfach gewesen. Die Eltern nannten es primitiv. Klar, das Wasser mussten sie aus dem Brunnen holen. Im Winter wurde ein Haufen Schnee auf dem Herd in

11

kochendes Wasser für den Samowar verwandelt. Schnee lag dort in jedem Winter. Und nicht zu knapp! Strom gab es. Fernsehen war also auch dort möglich. Na ja, in der Schule ging es strenger zu als in Deutschland. In Kasachstan durfte man während des Unterrichts nicht den Affen machen. Dann gab's Stress. Wenn man nicht pünktlich zur Schule kam. Oder die Hausaufgaben nicht gemacht hatte. Dann hagelte es Strafen. War manchmal vielleicht ein bisschen übertrieben. Aber so lax, wie es hier in der Schule zuging – das war schon wieder das andere Extrem. Fand Nikolaj.

Plötzlich stand die Mutter in der Tür. „Du kannst essen kommen", sagt sie. Wieder auf Russisch. Sie sprach immer nur Russisch. Einen Augenblick lang überlegte Nikolaj, ob er so tun sollte, als habe er sie nicht verstanden. Aber dann verwarf er den Gedanken. Wäre ja albern, kein Russisch zu verstehen. Wo bei ihnen in der Familie fast nix anderes gesprochen wurde.

Seufzend erhob er sich. Folgte der Mutter in die Küche. Hier war vor dem Fenster gerade Platz für einen Tisch und fünf Stühle. Wenn alle zusammen aßen, wurde es eng. Aber es klappte so gerade. Die Küche in ihrem Dorf war viel größer gewesen. Der einzige wirklich große Raum im Haus. In dem hatte sich das gesamte Leben abgespielt. In der Mitte ein riesiger, ovaler Holztisch. Um den herum versammelten sich alle. Familie, Freunde, Nachbarn. Zu besonderen Festen erschien das halbe Dorf. Hier war das nicht möglich. In der Küche konnten mal gerade die Familienmitglieder sitzen. Und im Wohnzimmer war allenfalls Platz für die Nachbarn von nebenan. Außer dem Schlafsofa gab es nur noch drei mit geblümtem Plüschstoff bezogene Sessel vor dem niedrigen Couchtisch. Und zwei Stühle an der Wand. Neben dem Fenster. Obwohl sehr viele Aussiedlerfamilien in diesem Hochhaus wohnten, hatten sie nur selten Besuch. Die restliche Familie war in Kasachstan geblieben. Aus ihrem Dorf waren schon viele „Deutsche" in der Bundesrepublik, als sich die Eltern zur Ausreise entschlossen hatten. Sie waren irgendwo in Süddeutschland gelandet. Aber Nikolajs Vater hatte alle Hebel in Bewegung gesetzt. Wollte unbedingt in die große Stadt. Hier, so hatte er gemeint, würden sich für ihre Familie die meisten Möglichkeiten bieten.

Dass das ein Irrtum war, hatten sie sehr schnell zu spüren bekommen. Was sie sich nicht vorgestellt hatten: In den Großstädten Deutschlands gab es Arbeitsloslgkeit. Als noch in der Sowjetunion ausgebildeter Schlosser mit dürftigen Deutschkenntnissen – nicht viel mehr als „bitte", „danke", „Guten Tag", „Auf Wiedersehen" - hatte der Vater keine Chance. Jetzt stand er als Leiharbeiter in einer Fabrik am Band. Seine Beschäftigung hing von der Auftragslage des Betriebes ab. Die Mutter machte dreimal in der Woche in einer Putzkolonne Büros sauber. Schöne neue Welt!

Nikolaj verfolgte gespannt, wie seine Mutter mit einem Schaumlöffel Pelmeni aus dem Topf mit siedendem Wasser holte. Und auf einen Teller gleiten ließ. Manchmal passierte es, dass ihr ein oder zwei der gefüllten Teigtaschen von dem

13

flachen Schaumlöffel rutschten. Und auf dem Linoleum-Boden landeten. Aber heute ging alles glatt.

Valentina setzte einen randvoll gefüllten Teller vor Nikolaj ab. Eine Schale mit Schmand stand schon auf dem Tisch.

„Was is diesmal drin?", fragt Nikolaj und meint die Füllung der kleinen Taschen.

„Fleisch", antwortet Valentina, ausnahmsweise auf Deutsch. Eines der wenigen deutschen Wörter, die sie kennt. Dachte Nikolaj. Verkniff sich aber einen Kommentar.

„Hmmm. Super!", sagt er stattdessen. Klackste einen gehäuften Esslöffel Schmand auf den Tellerrand. Mit der Gabel spießte er eines der Täschchen auf. Tunkte es in den Schmand. Ließ es genussvoll im Mund verschwinden.

Valentina hatte sich ebenfalls einen Teller gefüllt. Nicht ganz so hoch wie den von Nikolaj. Sie setzte sich ihm gegenüber an den Tisch.

„Wo sind deine Geschwister? Es ist gleich halb vier. Dein Bruder müsste längst zu Hause sein. Und Mascha hat doch mittwochs keinen Nachmittagsunterricht. Wo bleiben die denn beide?", fragt Valentina nun wieder in der Sprache, in der sie sich sicher fühlt.

„Keinen Check, Mama", Nikolaj zuckte mit den Schultern. Beschäftigte sich ohne aufzusehen weiter mit seinen Pelmeni. „Viktor ist wahrscheinlich bei seinem Freund Oleg. Und Mascha trifft sich sicher mit Aslan."

„Was sagst du da?" Valentinas Stimme rutscht in eine gefährlich hohe Tonlage. „Sie verkehrt immer noch mit diesem Türkenjungen? Obwohl wir es ihr streng verboten haben?"

„Ach, Mama!" Jetzt sah Nikolaj doch auf. Blickte der Mutter direkt in die Augen. „Mascha wird demnächst 18. Da kann sie sowieso machen, was sie will. Was regst du dich also auf? Außerdem ist Aslan in Ordnung."

Damit war nach Nikolajs Meinung alles gesagt. Er erhob sich. Wollte den leeren Teller in die Spülmaschine stellen. Aber für Valentina war das Gespräch keineswegs beendet.

„Sie hat zu tun, was wir ihr sagen, solange sie mit uns lcbt! Auch wenn sie 18 ist." Valentlnas Stimme überschlägt sich fast. „Wir sind nicht nach Deutschland gekommen, damit sie sich mit Türken rumtreibt. Es gibt genug deutsche Jungen."

„Ej, Mama, was hast du gegen Aslan? Du kennst ihn doch überhaupt nicht."

„Ich will ihn auch gar nicht kennenlernen. Wir sind aus Kasachstan weggegangen, damit unsere Kinder keinen Kasachen oder Russen heiraten. Vater und ich wollten, dass ihr nur mit Deutschen zusammen seid. Wenn ich gewusst hätte, wie viele Ausländer es hier gibt und welche Sitten hier herrschen, dann ..."

„Tja, Mama, dazu ist es jetzt zu spät", unterbricht sie Nikolaj. „Da hättet ihr euch vorher schlau machen müssen. War'n ja schon genug von unsern Leuten hier. Hättet ihr nur zu fragen brauchen. Bei einem eurer hunderttausend Telefongespräche." Nikolaj hatte einen Platz für seinen Teller in der Spülmaschine gefunden. Wollte in das Zimmer gehen, das gar nicht seines genannt werden konnte. Jedenfalls nicht wirklich.

Aber Valentina war immer noch aufgebracht. „So hättest du in Kasachstan nicht mit mir geredet. Das hättest du nicht gewagt. Schuld ist die Frechheit, die hier herrscht. Überall. Gegenüber den Eltern, den Lehrern, allen Erwachsenen. Die Jungen hier haben keinen Respekt vor den Älteren. Und die Älteren tun nichts dagegen. Lassen alles so laufen. Lassen sich auslachen und beleidigen."

„Du übertreibst, Mama! Hier gibt es einfach mehr Freiheit als in Kasachstan. Das ist doch gut. Nicht nur für die Kinder und Jugendlichen. Auch für die Erwachsenen."

„Was soll daran gut sein?! So viel Freiheit, das führt ins Chaos. Und im Übrigen: Ihr prügelt euch doch auch mit den Türken."

„Ej, das is was ganz anderes. Da geht's um die Gang. Die von denen und die von uns. Das hat nix zu tun mit Aslan. Der ist da raus. Der studiert schon."

„Gang, Gang! So was hat's in Kasachstan nicht gegeben."

16

„Klar hat's das gegeben, ej! Ihr habt es nur anders genannt. Da hieß es „banda". Und außerdem: Wir machen auch manchmal was mit den Türks zusammen, ej."

„Ich verbiete dir, immer „ej" ..." In diesem Augenblick erschien jemand im Türrahmen. Viktor, in voller Montur. Mit Rucksack und Sporttasche.

„Wo kommst du jetzt her, Viktor? Es ist nach vier. Schulschluss war um zwei", fährt ihn Valentina an.

„Geht dich nichts an!" Wie Nikolaj spricht Viktor Deutsch. Aber Valentina verstand Deutsch sehr gut. Konnte es nur nicht sprechen. Für einen Moment verschlug ihr Viktors Antwort die Sprache. Ungläubig schaute sie ihren zweiten Sohn an, der von Statur und Gesicht her Nikolajs Zwillingsbruder hätte sein können. Wie sie so beide nebeneinander standen – der eine im Kommen, der andere im Gehen -, die gleichen strohblonden, glatten Haare, die gleichen hellblauen Augen, die gleichen hohen Wangenknochen, das gleiche ausgeprägte Kinn, waren sie ein schöner Anblick. So hatte ihr Gennadij auch ausgesehen. Als sie sich in ihn verliebt hatte. Der Stolz auf zwei so ansehnliche Söhne milderte Valentinas hochkochenden Wutanfall ein wenig. Aber nur ein wenig.

„Schämst du dich nicht, so mit deiner Mutter zu reden?!", legt sie los. „Es geht mich sehr wohl etwas an, wo du dich rumtreibst. Du bist erst 14 und hast uns zu sagen, was du machst, wenn du nicht zu Hause oder in der Schule bist. Dein Vater und ich sind schließlich noch verantwortlich für dich. Das gilt übrigens auch für dich, Kolja, auch wenn du schon 16 bist. Bilde dir ja nicht ein, du könntest dir schon gewisse Freiheiten rausnehmen!"

Die Brüder sahen sich an. Nickten sich zu. Verließen gemeinsam ohne ein Wort die Küche. Um sich in ihr Zimmer zu verziehen.

Valentina überlegte kurz, ob sie hinterher gehen sollte. Ließ es dann aber sein. Die große Wut war nach ihrer Ansage sowieso verflogen.

2

„Kolja, Kolja! Warte!" Aber Nikolaj blieb nicht stehen. Ging einfach weiter. Er wusste, wer da rief. „Kolja!" und dann noch einmal „Kolja! Bleib stehen!"

Schließlich hatte sie ihn eingeholt. Packte ihn am Ärmel seiner Jeansjacke. Zwang ihn stehen zu bleiben. „Kolja, warum antwortest du nicht auf meine SMS. Wir müssen reden. Ich will mit dir reden."

„Wir müssen gar nix, Natascha. Für mich ist der Fall erledigt. Aus. Ende. Finito."

„Das kann's doch nicht sein, Kolja. Wir sind seit einem Jahr zusammen. Und es ist doch nichts passiert."

„Das hättest du dir vorher überlegen müssen. Bevor du mit Wolodja rummachst."

„Aber ich hab nicht mit ihm rumgemacht. Wir haben doch nur ein bisschen rumgealbert."

„Und was ist mit dem Kuss? Ich hab euch gesehn. Wie ihr euch geküsst habt."

„Ja, ich weiß. Aber das war nichts. War auch gar kein richtiger Kuss. Nicht so, wie wir uns küssen. Mit Wolodja hab ich nur Quatsch gemacht."

Jetzt endlich sah Nikolaj Natascha an. Tränen standen in ihren dunklen Augen. Die Wangen vom Laufen gerötet, die langen schwarzen Haare zerzaust. Mein Gott, wie schön sie ist, dachte Nikolaj. Das war mir bis jetzt gar nicht so klar. Sie war einfach die Natascha aus dem dritten Stock. Die ich schon seit Ewigkeiten kannte. Und die seit einem Jahr meine feste Freundin war. Und seit einer Woche meine Ex.

Weil Nikolaj nichts sagte, sie nur anschaute, bellte Natascha: „Bitte, Kolja, verzeih mir, es tut mir Leid, aber es ist wirklich nichts passiert. Ich liebe dich, nur dich, Kolja. Glaub mir. Wolodja ist nett, aber ich liebe ihn nicht. Er ist ein guter Kumpel, sonst nix. Bitte, lass uns wieder zusammen sein."

Nikolaj zog sie an sich. Legte seine Arme um sie und sagte leise, mehr in ihre Haare als in ihr Ohr: „Okay. Ich liebe dich auch, Natascha. Deshalb war ich ja so wütend, als ich euch beide gesehen habe. Aber", fügt er noch hinzu und löst sich aus der

Umarmung, sieht sie streng an, „lass dir so was nicht noch mal einfallen!"

„Also ist alles wieder gut?" Und als Nikolaj sie erneut fest an sich drückt: „Oh, Kolja, ich bin so froh. Du hast mir so gefehlt. Ich war so unglücklich."

„Ich hab dich auch vermisst. Auch wenn ich stinkig war."

„Wohin gehst du jetzt?", fragt Natascha.

„Nix Bestimmtes. Bloß weg von zu Hause! Da is' Superstress. Mal wieder." Nikolaj legte Natascha die Hand um die Taille. Gab ihr einen freundschaftlichen Kuss auf die Nase. Und zog sie mit sich. „Komm, lass uns bei Dima 'ne Cola trinken."

„Hast du Euros?"

„Für jeden 'ne Cola, dafür reicht's."

Im Eiscafé von Dima war eine Menge los. Russische Laute. Gebrochenes Slawischdeutsch. Hier und da korrektes Deutsch. Kein Türkisch. Die Diele schien fest in russlanddeutscher Hand.

„Ej, Kolja! Wieder da?!" Dima, der dreißigjährige Wirt, dem man gutes Essen und viel Eis ansah, hatte Nikolaj entdeckt. Dann stutzte er: „Wieder zwei? Alles gutt?", fragt er mit Augenzwinkern. Und einer Kopfbewegung in Richtung Natascha.

„Ja, ja, alles okay", sagt Nikolaj schnell. Jetzt eine Diskussion über ihre Beziehung, nein danke! „Is' kein Platz mehr?"

„Njet, nix Platz. Moschet ganz chinten. Musst kucken."

Nikolaj nahm Nataschas Hand. Zog sie in den hinteren Teil der Eisdiele. Aber auch dort waren fast alle Plätze besetzt. Das übliche Bild: nur junges Publikum. Eine Cola. Oder eine Limo. Oder ein Eis. Das reichte für Stunden. Schwatzen. Kichern. Streiten. Tratschen. Zu zweit. In Grüppchen. Hier und da ganze Cliquen. Gemütlich wurde das Lokal mit den in kaltblauer Lackfarbe gestrichenen Wänden, dem Neonlicht und dem aus dem Erdmittelalter stammenden Mobiliar einzig und allein durch seine lebhaften jungen Gäste.

„Komm, lass uns gehn. Is' heute zu voll hier." Nikolaj trat den Rückzug an. Mit Natascha im Schlepptau. Draußen auf der Straße blieb er unschlüssig stehen. „Und jetzt?"

„Wir können zu mir gehen. Da is' jetzt keiner", schlägt Natascha vor.

„Wieso? Wo sind'n deine Geschwister?"

„Sonja is' auf Klassenfahrt, und Pascha geht mittwochs nach der Schule immer zu einem Kumpel. Kommt erst am Abend nach Hause. Mama holt ihn nach der Arbeit ab."

„Nu ladno", sagt Nikolaj, was so viel wie „okay" bedeutet. Manchmal rutschte auch ihm ein russisches Wort heraus.

3

Als Valentina die Wohnungstür ins Schloss fallen hörte, baute sie sich vor dem Herd auf. Den Blick fest auf die Türöffnung gerichtet. Aber dort erschien niemand. Stattdessen hörte sie, dass die Tür des halben Zimmers geschlossen wurde.

Jetzt gab es für sie kein Halten mehr. Wutentbrannt stürmte sie aus der Küche in den Flur. Und ohne jede Ankündigung in das Zimmer ihrer Tochter.

„Wo kommst du jetzt her?" Ihre Stimme füllt den winzigen Raum.

Erschrocken blickte Mascha zu ihr auf. Sie saß auf dem Bett. Hatte gerade begonnen, etwas in ihrem Schulrucksack zu suchen. Derartige Ausbrüche der Mutter kannte sie zur Genüge. Deshalb hielt der Schreck nicht lange an. Sie wandte sich wieder ihrem Rucksack zu.

„Ich will wissen, wo du warst! Wo du dich rumgetrieben hast." Maschas Schweigen brachte Valentina völlig aus der Fassung. „Du hättest seit Stunden zu Hause sein müssen! Wo bist du gewesen?"

Mascha kramte weiter in ihrem Rucksack. Suchte etwas. Das sie offenbar nicht fand.

„Antworte mir!", schreit Valentina.

Mascha wandte sich langsam zur Mutter um. Sagt betont lässig: „Unterwegs, Mama. Ich war unterwegs."

Wie ihre Brüder sprach Mascha Deutsch. Als sie vor zehn Jahren nach Deutschland gekommen waren, war sie zwar schon sieben. Aber sie hatte die Sprache sehr schnell gelernt. War überhaupt eine Schülerin, die schnell begriff, worum es ging. Deshalb hatten die Lehrer ihre Eltern überzeugt – was nicht ganz einfach war -, dass Mascha unbedingt ein Gymnasium besuchen sollte. Die Eltern hatten das für reichlich überflüssig gehalten. Ein Mädchen – das würde doch bald heiraten. Da reichte eine „normale" Schule. Und im Anschluss eine kurze Ausbildung. Wichtig waren die Jungen. Die sollten aufs Gymnasium. Und ordentliche Leistungen bringen. Damit aus ihnen mal was Besseres würde. Nun gingen alle drei Kinder aufs Gymnasium. Der Jüngste, Viktor, allerdings mit mäßigem Erfolg.

Valentina machte einen Schritt auf die Tochter zu. Es sah aus, als wolle sie ausholen. Ihrer Tochter eine Ohrfeige verpassen. Aber sie änderte ihre Taktik. Blieb stehen und sagte in plötzlich sehr ruhigem Ton:

„Gut, wenn du nicht reden willst, werden wir das heute Abend mit Papa besprechen." Dann knallte die Tür.

Mascha hatte endlich gefunden, was sie gesucht hatte: ihr Handy. Hastig wählte sie einen Kontakt. Tippte. Wartete ungeduldig.

„Hi, Lena, endlich! Ich brauch deine Hilfe. Wenn dich jemand fragt, wo ich heute Nachmittag war, könntest du dann bitte sagen, dass ich bei dir war?"

„Klar, kein Problem! Wer sollte mich denn fragen?"

„Mein Vater oder meine Mutter."

„Puh, ist bei euch wieder Stress angesagt? Wegen Aslan?"

„Ja, ich hab nicht gesagt, wo ich war. Aber heute Abend, wenn mein Vater da ist, will meine Mutter großes Theater veranstalten. Da muss ich was sagen."

„Alles paletti. Ich sag, du warst bei mir. Wie war's denn mit Aslan?"

„Super. Wie immer."

„Habt ihr ...?"

„Ja."

„Du nimmst aber die Pille, oder?"

„Klar. Aber das weiß bei mir zu Hause keiner."

„Geht ja auch niemand was an. Lass uns morgen in der Schule weiter quatschen. Ich muss noch einkaufen gehen. Meine Mutter hat mich mit 'nem langen Einkaufszettel beglückt."

„Okay, Lena. Dann bis morgen. Ciao ciao."

Mit einem tiefen Seufzer legte Mascha das Handy beiseite. Das wäre also geregelt. Ungeduldig strich sie sich eine Strähne ihrer dunklen langen Haare aus dem Gesicht. Anders als ihre Brüder war Mascha mehr nach der Mutter geraten. Die war in ihrem Dorf einst die „dunkle Schöne" genannt worden. Mascha hatte die tiefbraunen Haare und nachtblauen Augen der jungen Valentina.

Jetzt müsste sie überlegen, wie sie am Abend vorgehen sollte. Wenn Mama den großen Aufriss machen würde. Vielleicht könnte Nikolaj... Mascha sprang auf und ging rüber ins Zimmer der Jungen. Dort saß aber nur Viktor an seinem Tisch. Sah so aus, als brüte er über Hausaufgaben. Aber als sie näher kam, sah sie, dass das, worüber er brütete, ein Comic war.

„Wo ist Kolja?", fragt Mascha.

„Weg. Mama hat sich über uns aufgeregt. Da hatte er die Schnauze voll."

„Wo ist er denn hin?"

„Keinen Check. Vielleicht zu Natascha. Das heißt – nee – er hat sich doch mit ihr verkracht. Jedenfalls hat er irgendwas davon gelabert. Neulich."

„Mit Natascha verkracht? Das kann ich nicht glauben. Hat er gesagt, wann er wiederkommt?"

„Nee. Und jetzt lass mich lesen!"

„Okay. Bin ja schon weg. Blödmann."

4

„Viktor?"

„Jaaa." Viktor zog sich die Jeansjacke über. Schlenderte lässig in Richtung Küche. Von wo die Stimme kam.

„Wo gehst du hin?" War klar, dass sie fragen würde.

„Runter."

„Wohin genau?" Viktor rollte die Augen. Stöhnte. Immer wollte sie alles ganz genau wissen.

„Treff mich mit Kumpeln."

„Es ist jetzt sechs. Du weißt, um sieben gibt's Abendessen!"

„Ja, ja, Mama." Bloß weg hier! Fast rannte Viktor zur Wohnungstür. Weiter zum Fahrstuhl. Die Kumpel warteten sicher schon.

Mit einem kleinen Seufzer rückte sich Valentina einen Stuhl zurecht. Setzte sich an den Küchentisch. Auf dem Stuhl neben ihr lag die Wochenzeitung „Evropa Ekspress". Die sie in ihrer vertrauten Sprache über alle Neuigkeiten in Deutschland und in der früheren Heimat informierte. Valentina griff nach der Zeitung. Überflog die Themenliste auf der Titelseite. Schlug dann wahllos eine Seite auf. Begann zu lesen. Aber sie konnte sich heute nicht auf den Inhalt des Artikels konzentrieren. Immer wieder schweiften ihre Gedanken ab. Zu ihren Kindern. Die ihr, jedes auf seine Weise, Sorgen bereiteten.

Als sie und ihr Mann Gennadij sich vor zwölf Jahren entschlossen hatten, Kasachstan in

Richtung Deutschland zu verlassen, waren sie voller Hoffnung gewesen. Ein Aufbruch sollte es sein. Ein Neuanfang. In ersehnter Umgebung. In der alles besser werden sollte. Die Formalitäten für die Ausreise hatten sich dann noch zwei Jahre hingezogen, bevor sie endlich aufbrechen konnten.

So viel hatten sie sich versprochen für die Zukunft. Vor allem für die der Kinder. Endlich in deutschem Umfeld hätten sie alle Entwicklungsmöglichkeiten der Welt. Die Sprache wäre kein Problem für sie. Alle drei waren ja intelligent und lernten leicht. Wenn auch mit unterschiedlichem Ehrgeiz. Nach einer ordentlichen Schulausbildung konnten sie etwas Ordentliches lernen oder sogar studieren. Das war ihr und ihrem Mann nicht möglich gewesen. Nein, offene Repressionen gegenüber Deutschstämmigen hatte es nicht mehr gegeben. Die Zeiten waren vorbei. Aber weder Valentina noch Gennadij hatten ihr Dorf verlassen können, um in der Gebietsstadt zu studieren. Ihre Eltern waren nicht mehr jung. Und schon reichlich abgewirtschaftet. Die älteren Geschwister hatten ihre eigenen Familien. Also blieb nichts anderes übrig, als die Eltern bei der täglichen Arbeit im Haus und in der kleinen Landwirtschaft zu unterstützen. Zum Schlosser konnte man auch im Dorf ausgebildet werden.

Nach ihrer Ankunft in Deutschland hatte zunächst alles ganz gut ausgesehen. Schnell hatte man ihnen diese Wohnung zugewiesen. Ein bisschen klein war sie ja. Aber immerhin bot sie allen Komfort, den es auf dem Dorf nicht gegeben hatte. Ein schönes Bad. Fließendes Kalt- und

Warmwasser. Zentralheizung Eine fertig eingerichtete Küche. Und einen elektrischen Herd mit allen Schikanen. Nach anfänglichen Schwierigkeiten hatten sich die Kinder in der neuen Welt zurechtgefunden. Die fremde Sprache erstaunlich rasch beherrscht. In der Schule erste Erfolge erzielt.

Bald aber stellte sich heraus, dass für sie und Gennadij die deutsche Sprache ein echtes Problem darstellen würde. Ohne ausreichende Kenntnisse keine halbwegs annehmbare Arbeit. Sie hatten beide einen Deutschkurs besucht. Mussten aber schnell erkennen, dass sie dieser Herausforderung nicht gewachsen waren. Damals hatte sie bedauert, dass sie sich nicht öfter mit ihrer Großmutter unterhalten hatte. Die hatte in Kasachstan mit ihrer Familie fast ausschließlich Deutsch geredet. Gut nur, dass hier im Hochhaus so viele Aussiedlerfamilien lebten. Mit denen konnte sie sich auf Russisch verständigen.

Nach und nach hatte sich dann die Hoffnung auf eine angemessene und gut bezahlte Tätigkeit verabschiedet. Ein Hilfsjob am Band und einer in einer Putzkolonne. Zu mehr reichte es nicht.

Und dann begannen die Sorgen mit den Kindern. Am wenigsten noch mit dem älteren Sohn. Nikolaj. Obwohl auch er sich zur Zeit für Dinge interessierte, die nichts mit Schule und Ausbildung zu tun hatten. Aber wenigstens war er mit einer von ihnen befreundet. Natascha kam aus einer ordentlichen Aussiedlerfamilie. Schwieriger lag der Fall bei Viktor. Totale Leistungsverweigerung. Da half nichts. Keine Bitten. Keine Ermahnungen. Keine Drohungen. Keine Strafen. Alles prallte an ihm ab. Die Versetzung würde er voraussichtlich nicht schaffen. Schließlich Maschas Beziehung zu einem Türken. Die sie, Valentina, nie und nimmer dulden würde. Gennadij musste heute Abend unbedingt ein Machtwort sprechen. Der Tochter den Umgang ein für alle Male verbieten. Und ihr harte Strafen androhen.

Manchmal, wenn die Probleme mit den Kindern ihr über den Kopf zu wachsen drohten, fragte sich Valentina, was wohl aus ihrem Erstgeborenen, Igor, geworden wäre. Wenn er nicht im Alter von fünf Monaten an einer schweren Infektion gestorben wäre. Heute müsste Igor - - ja, er müsste mittlerweile dreiundzwanzig sein.

5

Als sie den Schlüssel im Schloss der Wohnungstür hörte, erhob sich Valentina. Das musste Gennadij sein! Sie wollte gleich mit ihm über Mascha sprechen. In einem für ihre runde Figur beachtlichen Tempo lief sie hinaus in den Flur. Aber es war nicht Gennadij. Es war Nikolaj. Der gerade eilig in seinem Zimmer verschwand. Mit ihm zu reden, hatte keinen Sinn. Er hatte ihr ja am Mittag erklärt, was er von der Sache mit Mascha und Aslan hielt.

Wo Gennadij bloß blieb? Eigentlich musste er seit einer halben Stunde zu Hause sein. Vielleicht besorgte er unterwegs noch etwas.

Valentina ging zurück in die Küche. Begann das Abendessen vorzubereiten.

Als das Telefon klingelte, hatte sie gleich ein mulmiges Gefühl. Wer rief um kurz vor sieben am Abend bei ihnen an? Alle Freunde und Bekannten waren jetzt wie sie mit den Vorbereitungen fürs Abendessen beschäftigt. Aktiv die Frauen, passiv die Männer. Und die Kinder verkehrten mit ihren Freunden nur übers Handy.

„Hallo, Valentina!"

„Hallo, Andrjuscha!" Valentinas Herz galoppierte. Warum rief Viktors Arbeitskollege bei ihr an?

„Valentina, reg dich nicht auf!" Auch er spricht Russisch. „Gennadij hatte einen Arbeitsunfall. Wir haben ihn ins Krankenhaus gebracht. Aber er ist nicht in Lebensgefahr."

„Was ist passiert, Andrjuscha?"

„Gena ist mit der Hand in die Maschine gekommen. Aber es wird wieder. Hat der Arzt gesagt. Sie können die Hand wieder in Ordnung bringen."

„Oh, mein Gott, Andrjuschka! Wird er seine Arbeit verlieren?"

„Nein, nein, keine Sorge! Der Chef hat gleich gesagt, dass Gena selbstverständlich, er hat ausdrücklich gesagt: selbstverständlich, weiter im Werk arbeiten wird."

„Wo ist er denn jetzt? In welchem Krankenhaus? Muss er da bleiben? Kann ich zu ihm?"

„Bleib ruhig, Valja! Er ist im Unfallkrankenhaus. Man hat ihn sofort operiert. Er wird wohl ein paar Tage dort bleiben müssen. Du kannst ihn morgen besuchen. Heute nicht mehr."

„Kann ich ihn wenigstens anrufen?"

„Wenn er ein Handy bei sich hat - - Es ist aber die Frage, ob er schon aus der Narkose aufgewacht ist. Vielleicht schläft er auch. Du kannst es versuchen. Aber besser morgen."

„Danke, dass du mich angerufen hast, Andrjuscha. Ach, was soll ich jetzt nur machen? Was soll nun aus uns werden?"

„Valja, sei unbesorgt, es wird alles gut. Ich werde in den nächsten Tagen bei dir vorbeikommen. Kopf hoch! Bis dann."

„Bis dann, Andrej."

Valentina sank auf den Sessel neben dem Schlafsofa. Wie erstarrt verharrte sie einige Minuten reglos. Was, wenn Gena doch seine Arbeit verlor? Weil die Hand nicht mehr zu gebrauchen war. Von ihrem lächerlichen Lohn konnten sie nicht leben. Sie wären auf Hartz IV angewiesen. Eine Katastrophe! Wie lange würde Gennadij im Krankenhaus bleiben? Gerade jetzt, wo sie ihn so dringend brauchte. Wegen der

Geschichte mit Mascha und Aslan. Sie allein kam mit der Tochter nicht mehr klar. Und die Einkäufe am Wochenende. Wer sollte die jetzt machen? Ohne Auto. Sie hatte keinen Führerschein. Es war doch unmöglich, alles zu Fuß ranzuschleppen.

Warum nur musste dieser Unfall passieren? Hatte Gena nicht aufgepasst? Was hatte er denn an einer Maschine zu suchen? Er arbeitete doch am Band.

Sie musste es den Kindern sagen. Erst jetzt, als sie auf die Uhr schaute, fiel ihr auf, dass Viktor noch nicht nach Hause gekommen war. Es war bereits halb acht. In der letzten Zeit hatte er sich angewöhnt, zu kommen und zu gehen, wann es ihm passte. Ach, auch wegen Viktor brauchte sie Gennadij. Gerade jetzt.

6

„Na endlich!" Viktor wurde schon erwartet. Sein Freund Oleg stand am Rand einer kleinen Gruppe auf dem Spielplatz. Der war jetzt, bei einsetzender Dämmerung, verwaist. Kein fröhliches Kinderlachen. Kein Kreischen und Toben. Keine schwatzenden Mütter. Ein idealer Ort als Treffpunkt für die Clique.

Nichts los heute Abend. Langeweile angesagt. Einige von den älteren Jungs nahmen ab und zu einen Schluck aus einer Bierdose. Reichten sie dann gnädig weiter an einen der jüngeren. Fast alle rauchten. Viktor und Oleg gehörten zu den jüngsten.

Viktor fummelte ein schon reichlich zerknautschtes Zigarettenpäckchen aus einer Tasche seiner Jeansjacke. Hielt es Oleg unter die Nase. Oleg hob abwehrend die Hand. Schüttelte den Kopf. „Nee, lass mal stecken!"

„Rauchst du immer noch nicht?" Viktor konnte es nicht glauben.

„Nee, is mir zu riskant. Meine Alten riechen das. Bei meinem Bruder haben sie's auch gerochen. Hab kein Bock auf Stress."

Viktor zuckte mit den Schultern. Zog eine Zigarette aus dem Päckchen. Verstaute die Packung wieder in der Jackentasche. Zündete die Zigarette an.

„Was is hier heute angesagt?", fragt er Oleg.

„Nix. Bis jetzt."

„Ach Vitja, da bist du ja. Hab dich gar nich gesehn." Petja, einer aus der Gruppe, kam zu den beiden.

„Was is'n hier heute Sache?", fragt Viktor.

„Nix los heute. Türks sind auch keine draußen."

„Was is'n mit Sprit? Hat jemand was?"

„Ich glaub, Igor hat 'n paar Dosen Bier mit. Hej, Igor, gibt's Alk?"

„Nee, heute nich'. Müsst euch selber was beschaffen."

„Ich mach mich mal weg", unterbricht Oleg die heiße Diskussion.

„Was – schon?", fragt Viktor.

„Ja, is' schon halb acht."

„Na und?"

„Meine Alten ticken voll aus, wenn ich nich' zum Essen komm. Bin eh schon spät dran. Auf Stress kann ich gut verzichten. Musst du nich' auch nach Hause?"

„Nö."

„Wollen deine Alten nich', dass du zum Essen nach Hause kommst?"

„Is' mir egal, was meine Alten wollen. Die können lange labern. Ich mach, was mir passt."

„Na dann ... bis morgen." Oleg war schon weg.

7

„Mein Gott, Gena, was machst du denn für Sachen!" Valentina stürzte in das Dreibettzimmer. Ohne die beiden Mitpatienten zu beachten. Sprudelte weiter: „Wie konnte denn das passieren? Du arbeitest doch am Band. Und nicht an der

Maschine. Wie lange musst du denn im Krankenhaus bleiben? Und wie lange kannst du nicht arbeiten?"

Gennadij hatte mit geschlossenen Augen vor sich hingedöst. Er schreckte hoch. Konnte nur mit Mühe die Umarmung seiner Frau abwehren.

„Beruhige dich, Valja", sagt er und versucht sich aufzusetzen. Was mit nur einer Hand zum Abstützen mühsam war und erst nach einigen Versuchen gelang. „Es ist alles halb so schlimm. Der Arzt hat gesagt, es kommt alles wieder in Ordnung. Ein paar Wochen und die Hand ist wieder wie neu." Er lachte und schaute zu den anderen Betten. Ein Glück, dass die Patienten kein Russisch verstanden. Nach einem kurzen Erstaunen über Valentinas Auftritt hatten sie sich wieder ihren Beschäftigungen zugewandt: Zeitunglesen und Musikhören.

„Aber wie konnte das passieren?", Valentina lässt nicht locker.

„Hör mal, Valja, ich arbeite schon seit einem Monat an der Maschine. Und wie das passiert ist, weiß ich auch nicht so genau. Es ging alles so schnell."

„Dass du an der Maschine arbeitest, wusste ich gar nicht. Du hast nie was gesagt." Valentina war beleidigt.

„Muss ich immer alles haarklein berichten? Es hat eine Umstellung im Betrieb gegeben, und da bin ich eben an die Maschine gekommen. Aber das war keine große Sache. Lohnte sich nicht zu erzählen."

„Dass das gerade jetzt passieren musste, wo ich dich so dringend brauche", jammert Valentina.

„Wieso brauchst du mich gerade jetzt?" Gennadij war erstaunt.

„Ach, es gibt so viel Ärger mit den Kindern. Mascha trifft sich offenbar immer noch mit diesem Türken. Und Viktor hört überhaupt nicht mehr. Er kommt und geht, wann er will. Gestern ist er erst um neun nach Hause gekommen. Obwohl ich ihm gesagt habe, er muss um sieben zum Abendessen zu Hause sein."

„Na ja." Gennadij sah das nicht so eng. „Viktor ist in einem schwierigen Alter. Er will sich seine Freiheit als Mann erstreiten. Der wird schon wieder in die Spur kommen. Aber dass Mascha immer noch Kontakt zu dem Türken hat - - da muss ich wohl härtere Maßnahmen ergreifen. Es geht nicht um den Türken. Ich hab nichts gegen ihn. Aber wir hatten es ihr klar und deutlich verboten. Sie hört nicht auf uns. Nimmt unser Verbot nicht ernst. Unglaublich! Ja, ich muss so schnell wie möglich nach Hause kommen."

„Mit Nikolaj ist in dieser Sache auch nicht zu rechnen", beschwert sich Valentina. „Ich dachte, er könnte vielleicht mit Mascha reden. Aber er hat nichts gegen diese Beziehung. Findet den Türken sogar in Ordnung."

„Was fällt ihm ein! Er weiß doch, dass wir den Umgang verboten haben. Wie kann er sich gegen unsere Anordnungen stellen?!"

„Ja, du hast ja Recht. Aber wenigstens ist seine Freundin Natascha eine von uns. Und dazu ein nettes, anständiges Mädchen."

„Offenbar anständiger als unsere eigene Tochter!"

„Na ja, ich hoffe, dass Mascha nichts Unrechtes tut. Aber trotzdem – die Sache muss beendet werden. Weißt du schon, wann du hier rauskommst?"

„Nicht genau. Aber wahrscheinlich bin ich am Wochenende wieder zu Hause."

„Wie lange wird es dauern, bis du wieder arbeiten kannst?"

„Das wird nicht so schnell gehen. Erst einmal muss die Hand heilen. Und dann muss ich noch zur Physiotherapie."

Valentina riss erschrocken die Augen auf. „Das kann sich dann ja wochenlang hinziehen."

„Schon möglich."

Langes Schweigen. Dann sagt Valentina: „Du weißt, Andrjuscha hat mich angerufen und mir gesagt, was passiert ist. Du hattest ihn ja darum gebeten. Er hat gemeint, dein Chef hätte gesagt, dass du in jedem Fall deine Arbeit behältst." Prüfend schaute sie Gennadij an.

„Stimmt", bestätigt Gennadij, „das hat er gesagt, und ich glaube ihm. Er ist in Ordnung. Für einen Kollegen, der drei Monate krank war, hat er den Arbeitsplatz freigehalten. Jetzt ist der seit einem Monat wieder im Betrieb."

Valentina atmete tief durch. Wenigstens etwas. Wenigstens eine Hoffnung in all dem Unglück.

8

„Du bist so schön, kleine Maus", flüstert Nikolaj und beugt sich über Natascha. Beide lagen auf dem Bett in Nataschas Zimmer. Nur noch mit Slips bekleidet. „Ich liebe dich." Sanft liebkoste Nikolaj Nataschas kleine, feste Brust. Seine Finger spielten mit dem winzigen rosigen Knopf in der Mitte. Der antwortete sofort.. Das Spiel ging weiter. Jetzt mit den Lippen.

„Ich liebe dich auch", sagt Natascha. Und stöhnte leise auf, als seine Finger weiter abwärts wanderten. Langsam schob er den Slip herunter. Erst ihren. Dann seinen. Und hörte nicht auf zu streicheln. Natascha atmete schwer. Ihre Erregung übertrug sich auf ihn. Schließlich waren seine Finger an der Stelle angelangt, an der sie besonders empfindlich war. Als sie laut aufstöhnte, wusste er, dass sie ihn jetzt erwartete. Liebte sie voller Leidenschaft.

„Wenn meine Eltern das wüssten, würden sie mich wahrscheinlich aus dem Haus jagen", sagt Natascha, während sie sich ihre Jeans anzog.

„Sie müssen es ja nicht wissen", meint Nikolaj trocken. „Übrigens – meine Eltern wären auch nicht begeistert, wenn sie es wüssten. Ja, ich glaube, sie wären entsetzt." Er musste lachen, als er sich Valentinas Reaktion vorstellte. Dann wurde er ernst. „Haben deine Geschwister etwas von uns mitbekommen. Ich meine, von dem, was wir hier manchmal treiben?" Er musste wieder lachen. „Sonja hat mich neulich so komisch angeguckt. Hat gekichert und ist dann weggelaufen."

„Nein, kann ich mir nicht vorstellen, dass sie was weiß. Dass wir zusammen sind, wissen ja alle. Aber das andere, das wissen nur wir - - und Isa."

„Wieso Isa?" Nikolaj ist irritiert.

„Weil sie meine beste Freundin ist. Keine Angst, sie hält dicht."

„Trotzdem – war nicht besonders schlau, ihr das zu erzählen."

„Ach, Kolja, ich war so glücklich nach dem ersten Mal, ich musste es einfach jemandem sagen. Hast du mit niemandem darüber gesprochen?"

„Nee, ich hab keinen besten Freund, mit dem ich über so was quatschen könnte. Gute Kumpel, ja, aber die geht das alle nichts an."

Natascha warf einen Blick auf ihren Wecker: „Es ist gleich sechs, lass uns jetzt gehen. Meine Mutter kann jeden Augenblick von der Arbeit kommen."

„Aber sie weiß doch, dass wir zusammen sind."

„Ja, aber wenn sie uns beide in meinem Zimmer und nicht wie sonst im Wohnzimmer sieht, wird sie garantiert misstrauisch. Und malt sich das Schlimmste aus."

„Das Schlimmste?"

„Na ja, du weißt schon, was ich meine."

„Klar. Also - geh'n wir."

„Warte mal, Kolja, ich bleib hier. Ich hab noch Hausaufgaben zu machen, Mathe. Du bist nicht böse, oder?"

„Nee, is' schon okay. Ich geh dann auch nach Hause. Mein Vater liegt noch im Krankenhaus. Weißt du ja. Und meine Mutter läuft völlig neben der Spur. Auch wegen der Sache mit Mascha und Aslan. Vielleicht kann ich sie ein bisschen aufmuntern."

„Ist da wirklich was dran? Sind Mascha und Aslan zusammen? Ich meine, so richtig?"

„Ich fürchte, ja. Ach, bullshit! Ich fürchte das gar nicht. Ich finde das nicht weiter schlimm. Aslan is' in Ordnung. Er is' kein Proll und auch kein Islamist. Er hat gerade angefangen zu studieren. Außerdem ist er Deutscher, er hat die deutsche Staatsbürgerschaft, genau wie wir."

„Aber deine Eltern woll'n das nicht?"

„Nee, die finden Türken grundsätzlich ganz schlimm, vor allem meine Mutter. Na ja, manche sind ja auch obermies drauf. Egal! Ich mach mich jetzt mal weg. Sonst lauf ich deiner Mutter doch noch in die Arme! Bis dann, kleine Maus!" Nikolaj zog die Freundin an sich. Küsste sie.

Dann war er weg.

9

Viktor stand in seiner Gruppe am Rand des Spielplatzes. Zog an einer Zigarette. Blies den Rauch lässig in die Dunkelheit. Halb neun. Oleg war längst nach Hause gegangen.

Der Älteste der Gruppe, Boris, schon 16, kam wippend angeschlendert. Hände in den Jeanstaschen vergraben. „Nix los hier, wa?"

„Ej, Borja, was kommste so spät?", ruft ihm Petja entgegen.

„Ging nich' eher! Kanaken sind auch keine draußen?", erkundigt sich Boris.

„Nee, kein Stück", antwortet Viktor.

„Na, dann geh'n wir doch mal zur Haltestelle. Vielleicht is' da wer, den wir abziehen können."

„Keine schlechte Idee." Viktor und auch die anderen sind von dem Vorschlag angetan.

„Klar", sagt Piotr und lacht. Schrill. „Könnte mal wieder 'n neues Handy brauchen."

„Wer sagt, dass du das bekommst, Alter?", dämpft Viktor seine Erwartungen.

„Also los!" Boris beendet die sich anbahnende Auseinandersetzung. Wenn Konstantin „King" nicht da war, hatte er die Clique fest im Griff.

Um Viertel nach zehn klingelte es bei den Kellers. Valentina schoss wütend zur Tür. Das war Viktor. Der konnte was erleben! Aber warum klingelte er? Hatte er seinen Schlüssel vergessen? Oder gar verloren?

Sie öffnete. Vor ihr stand ein Polizist. Der hielt Viktor fest am Arm.

„Frau Keller?"

„Ja."

10

„Hi, Mascha!"

„Hi!"

„Was is'? Was bist du so mies drauf?" Lena schaute die Freundin prüfend an. Die hatte doch sonst keine so finstere Miene.

„Ach, nix!", wehrt Mascha ab.

„Aber ich seh doch, dass was is', Mascha!", hakt Lena nach.

„Ach, Stress is' zu Hause", sagt Mascha mit einem tiefen Seufzer.

„Wegen Aslan?", erkundigt sich Lena.

Mascha nickte. „Weil mein Vater im Krankenhaus ist, spielt meine Mutter verrückt. Ständig meckert sie rum. Nix macht man ihr recht. Gestern Abend hat sie einen Riesenaufriss wegen Aslan gemacht. Hat wohl gemeint, sie muss jetzt den Vater spielen. Wenn ich mich mit Aslan noch einmal treffe, bekomm ich Hausarrest, hat sie gesagt. Hausarrest! Mit fast 18!" Mascha schnaubte wütend.

Lena musste lachen. „Hausarrest mit 18! Das ist wirklich krass. Wann kommt denn dein Vater nach Hause?"

„Weiß nich', wahrscheinlich zum Wochenende. Dann is' er erst mal noch krankgeschrieben. Grausige Vorstellung! Irgendwann is' er dann auf Reha, da is' er wenigstens nicht zu Hause."

„Freu dich nicht zu früh! Reha gibt's auch ambulant. Hier in der Stadt. Mein Vater war nach seinem Herzinfarkt nicht weg. Aber vielleicht lässt sich dein Vater ja verschicken."

„Was?!" Mascha ist entsetzt. „Reha ambulant? Das wäre ja der Horror. Dann hängt er ja die ganze Zeit zu Hause rum."

„Ganz so schlimm ist es nicht", beruhigt Lena, „vom Morgen bis zum Nachmittag oder frühen Abend ist er beschäftigt. In einer ambulanten Einrichtung."

„Ja, aber danach kommt er immer wieder nach Hause. Oder? Das heißt, ab nachmittags kann er uns kontrollieren. Und uns vorschreiben, wo's langgeht." Mascha ließ sich auf einen Stuhl vor ihrem Arbeitstisch fallen. Sah verzweifelt zu Lena hoch. Die stand noch. Hatte ihren Rucksack auf dem Tisch abgestellt. Und kramte ungeduldig darin.

Endlich hatte sie gefunden, was sie gesucht hatte. Einen prall gefüllten Schnellhefter und einen Textmarker. Sie sah Mascha fragend an. „Ist denn dein Vater so krass drauf? Ich dachte immer, du verstehst dich ganz gut mit ihm."

„Ja, tu ich auch. Jedenfalls meistens. Aber jetzt wird ihn meine Mutter bearbeiten und ihn aufhetzen. Er wird nich' wagen, ihr zu widersprechen. Er wird mir eine Szene machen, weil sie es so will."

„Hat er denn auch was gegen Türken, wie deine Mutter?"

„Nee, nich' wirklich. Gegen die von der Gang schon. Aber ich denke, Aslan würde er ganz okay finden. Genau wie Niki. Der mag den Aslan."

„Ja, ja, der Niki, der ist in Ordnung", sagt Lena. Schaute mit glänzenden Augen aus dem Fenster. „Schade, dass er nich' ein bisschen älter ist."

Mascha sah die Freundin verblüfft an. Sagte aber nichts.

Langsam füllte sich der Unterrichtsraum. Jetzt hatte sich auch Lena gesetzt. „Hast du den Text vorbereitet?", fragt sie Mascha.

„Ja, heute Nacht noch."

„Ich muss den noch schnell durchsehen", erklärt Lena. Stützte die Arme auf. Legte den Kopf in die Hände. Und vertiefte sich in eine Kopie im Schnellhefter. Ein paar Locken aus ihrem braunen Wuschelkopf fielen ihr in die Stirn. Sie hatte alles um sich herum ausgeblendet. Konzentrierte sich nur noch auf den englischen Text. So bekam sie auch nicht mit, dass einer der Jungen aus dem Leistungskurs sie ansprach: „Hi Lena, wo warst du gestern?"

Keine Antwort. Überhaupt keine Reaktion. Der Junge wiederholt die Frage: „Lena, wo bist du gestern gewesen? Wir waren verabredet."

Mascha versetzte Lena einen leichten Stups. Jetzt endlich hob Lena den Kopf. Schaute Mascha irritiert an. Die zeigte auf den Jungen: „Toto hat dich was gefragt."

Unwillig schüttelte Lena den Kopf. Sah Tobias aber wenigstens an. „Ich hab jetzt keine Zeit, Toto. Muss mir den Text noch ansehen. Wir können in der Pause sprechen." Und schon war sie wieder mit dem Text beschäftigt.

Mascha blickte zu Tobias hoch. Hob die Schultern, als wollte sie sagen: Tut mir Leid, da kann ich auch nichts machen. Jetzt schüttelte auch Tobias den Kopf. Aber nicht unwillig. Eher ratlos. Stopfte die Hände in die Taschen seiner Jeans. Und ging zu seinem Platz.

11

„Ist das Ihr Sohn?", fragt der Beamte.

„Ja, das Sohn - Viktor." Valentinas Stimme zittert.

„Gut. Manchmal machen nämlich die Jugendlichen falsche Angaben."

„Was passiert?"

„Ihr Sohn war an einer Gewalttat beteiligt", erklärt der Polizist. Zur Abschreckung wollte er den Vorfall gleich sehr drastisch darstellen. „Er wurde angetroffen in einer Gruppe von Jugendlichen, die einen jungen Mann überfallen haben. Um ihn auszurauben. Dass der sich gewehrt hat, ist ihm schlecht bekommen. Er war zwar bei Bewusstsein, als wir kamen. Aber er musste ins Krankenhaus gefahren werden. Er hatte üble Verletzungen von Schlägen und Tritten."

„Oh, Boshe moj[1]!" Mehr bringt Valentina nicht heraus.

„Sie sollten besser auf Ihren Sohn aufpassen! Wie alt ist er?"

„14", antwortet Valentina.

„So! Mir hat er gesagt, er wäre 16. Wenn er 14 ist, hat er um diese Zeit auf der Straße nichts mehr verloren."

„Was ich machen? Er hört nicht."

„Sie sind alleinerziehend?"

„Nein, Mann in Krankenhaus", jammert Valentina.

„Wenn Sie den Jungen nicht in den Griff bekommen, müssen wir das Jugendamt einschalten", droht der Polizist.

„Nein, nein, Boshe moj! Mann zurück. Ende Woche."

„Gut. Aber wenn ich Ihren Sohn noch einmal bei so einer Aktion antreffe, hat das Konsequenzen. Eine Anzeige wird es auch jetzt schon geben. Die Daten habe ich ja – und jetzt auch das korrekte Alter. Guten Abend!" Der Polizist ließ Viktors Arm los. Seine Schritte hallten durchs Treppenhaus, als er zum Fahrstuhl lief.

Viktor flitzte an der Mutter vorbei in das gemeinsame Zimmer. Bloß weg! Ehe sie noch etwas sagen konnte.

---

1   Mein Gott!

Wie in Trance ging Valentina in die Küche. Sank auf einen Stuhl. Stützte die Arme auf den Tisch. Den Kopf in die Hände. Was hatte Viktor getan? Mit was für „Freunden" war er unterwegs? Kriminell! Er ist kriminell geworden. Eine Schande! Wenn Nachbarn und Freunde davon erfuhren. Nicht auszudenken! Und Gennadij im Krankenhaus. Ausgerechnet jetzt. Wo sie ihn so dringend brauchte.

12

Am Ende des Kurses, als alle ihre Sachen packten, Stuhlbeine über den Boden schrappten, Sportschuhe und Ballerinas scharrten und lebhaftes Geplauder einsetzte, wendet sich Mascha an Lena: „Sag mal, weshalb hast du Toto vorhin so abblitzen lassen?"

„Ach, der nervt total! Dauernd will er sich verabreden. Er hängt an mir wie 'ne Klette. Ich brauch auch mal Zeit für mich."

„Aber er ist doch ein klasse Typ."

„Ja, er sieht gut aus. Und er ist auch ganz nett. Aber ich will nicht immer nur mit ihm rumhängen. Ich will auch mal mit anderen Leuten was machen."

„Ich wär schon froh, wenn ich einen Freund hätte, der meinen Eltern passt."

„Ja, klar. Da hab ich Glück. Meine Eltern sind ganz begeistert von Toto, weil man so gut mit ihm quatschen kann. Er ist ja auch in Ordnung, aber immer nur mit ihm zusammen sein, das kann ich nicht."

Mascha überlegte einen Augenblick, ob sie Lena sagen sollte, was sie dachte. Ja, sie würde es tun, schließlich war Lena ihre beste Freundin: „Dann - - dann bist du nicht so richtig verliebt in ihn?"

Jetzt überlegte Lena. Bin ich verliebt, bin ich es nicht? Irgendwas dazwischen. Nachdenklich sah sie die Freundin an: „Ich hab ihn sehr, sehr gerne, wirklich, und er würde mir sehr fehlen, wenn – wenn er auf einmal weg wäre. Aber", sie zögert, „so – na ja, so wahnsinnig verknallt, so mit Schmetterlingen im Bauch - - nee, das bin ich nicht."

„Ich wünschte, ich könnte das auch von mir sagen. Dann wäre alles nicht so schwierig. Aber bei mir ist es anders. Ich bin wirklich total verrückt nach Aslan. Am liebsten würde ich immer mit ihm zusammen sein. Aber meine Eltern hassen ihn. Vor allem meine Mutter."

„Nur weil er Türke ist?"

„Ich fürchte, ja. In Kasachstan hat uns meine Mutter auch verboten, mit russischen oder kasachischen Kindern zu spielen. In unserem Dorf haben fast nur Deutsche gelebt. Die haben aber alle Russisch gesprochen."

„Das ist ja irre!", wundert sich Lena.

„Na ja, meine Eltern haben erzählt, es war lange Zeit verboten, Deutsch zu sprechen. Wegen des Kriegs und so."

„Wegen des Kriegs?"

„Ja, die Deutschen haben doch die Sowjetunion überfallen. Und da wurden alle Deutschen, die an der Wolga lebten, nach Sibirien oder Kasachstan deportiert. Und es war verboten, Deutsch zu sprechen. Wer dabei erwischt wurde, konnte erschossen werden. Es gab auch nette Nachbarn, die haben dich verpfiffen, wenn sie mitgekriegt haben, dass in deiner Familie Deutsch gesprochen wird."

„Wahnsinn!" Lena ist beeindruckt. „Warum weiß das hier keiner?"

„Die Russlanddeutschen wissen das alle noch", widerspricht Mascha, „und sie reden oft davon. Vor allem die alten Leute. Manchmal kann ich es nicht mehr hören, weißt du. Das ist alles schon so lange her. Für mich ist das Geschichte. Aber in den Familien ist das noch Thema. Genau so wie die Verachtung für alles, was nicht deutsch ist."

„Ist das nicht ein bisschen rassistisch?", fragt Lena vorsichtig. Sie will die Freundin nicht verletzen.

„Wenn du willst, kannst du es so bezeichnen", gibt Mascha ihr Recht. „Aber egal, wie du es nennst, für mich macht das die Beziehung zu Aslan sehr schwierig. Meine Mutter lehnt ihn total ab, obwohl sie ihn überhaupt nicht kennt. Mein Vater - - na, der kann sich in dieser Sache nicht gegen sie durchsetzen. Obwohl er sonst ja der Herr im Haus ist. Er hat, glaube ich, nicht wirklich was gegen Aslan. Jedenfalls nicht grundsätzlich. Der Einzige, der voll auf meiner Seite steht, ist Kolja."

„Ja, der liebe Kolja", sagt Lena und schaut Mascha lächelnd an.

„Sag mal - - bist du etwa in Kolja verknallt?"

„Hmm, vielleicht. Ja, ich glaube, ich bin ein bisschen in deinen kleinen Bruder verknallt. Zwei Jahre jünger, was macht das schon? Er ist so hübsch und so klug. Und auch so lieb. Eigentlich wäre ich gern mit ihm zusammen."

Mascha war sprachlos. Lena war zwar oft bei ihnen zu Hause, hatte mit Kolja mal herumgealbert, mal ernsthaft gesprochen, aber dass da Verliebtheit mit im Spiel war, darauf wäre sie nie gekommen.

„Weiß Kolja das?", fragt sie schließlich.

„Nein, ich denke, nicht."

„Soll ich ihm was andeuten?"

„Nein, bloß nicht!" Lena schüttelt heftig den Kopf. „Er ist doch mit Natascha zusammen. Ich will mich da nicht reindrängen. Vielleicht ist er ja irgendwann mal wieder solo. Dann könnte ich ja - - - Übrigens Toto ist schon rausgegangen. Der wartet sicher draußen auf mich. Ich muss ihm erklären, warum ich gestern nicht zu ihm gekommen bin. Treffen wir uns nachher beim GK?"

„Ja, klar."

„Okay. Dann bis später. Ciao!

13

„Gott sei Dank, dass du endlich wieder zu Hause bist, Gena. Ich hätte dich hier so gebraucht. Alles ist drunter und drüber gegangen. Stell dir vor, die Polizei war hier. Wegen Viktor."

Gennadij, der mit dem Taxi nach Hause gekommen war, stellte seine Tasche im Flur ab. Hängte die braune Lederjacke, der man ansah, dass sie nicht erst gestern gekauft worden war, und die er wegen des großen Verbands an der Hand nur über der Schulter getragen hatte, an der Garderobe auf. Und folgte der aufgeregt voran flatternden Valentina in die Küche.

„Wie's mir geht, interessiert dich anscheinend überhaupt nicht", knurrt er. „Meinst du, ich bin zum Spaß im Krankenhaus gewesen?"

„Nein, natürlich nicht", jammert Valentina. „Aber du musst doch verstehen. Ich war so hilflos ohne dich. Vor allem mit der Polizei. Wo ich doch kaum Deutsch spreche. Du kannst es doch ein bisschen besser als ich, du hättest mit denen reden können."

Schwer ächzend ließ sich Gennadij auf einem Küchenstuhl nieder. Ein paar Pfunde weniger könnten nicht schaden. Dachte er. Aber wenn man

Tag für Tag an der Maschine stand und sich auch sonst nicht viel bewegte …

„Ja, und wie geht es dir nun? Hast du noch Schmerzen?", unterbricht Valentina seine Gedanken. „Und wann gehst du wieder arbeiten?"

„Verdammt noch mal, Valja, hast du nichts anderes im Kopf als arbeiten und Geld verdienen?!" Er holte tief Luft: „Meiner Hand geht es nicht besonders gut. Das wird wohl noch eine Weile dauern, bis die ganz in Ordnung ist. Zur Reha muss ich auch noch. Aber sei beruhigt, Valja, verhungern werden wir inzwischen nicht. Den Lohn bekomme ich weiter. Und wenn es länger dauert, gibt es Krankengeld."

„Ach, Gena, es geht doch nicht nur ums Geld. Ich habe solche Probleme mit den Kindern, mit Kolja nicht so sehr, aber mit Mascha und vor allem mit Vitja. Stell dir vor, die Polizei war hier."

„Das hast du schon gesagt. Die stehen schnell mal auf der Matte. Was hat er denn so Schlimmes angestellt?"

„Er und seine Kumpel haben einen jungen Mann geschlagen."

„Mein Gott, Valja! Jungen prügeln sich schon mal, das weißt du doch. Das war in Kasachstan nicht anders. Weshalb kommt hier gleich die Polizei?!"

„Nein, Gena, sie haben einen Mann überfallen, geschlagen und getreten. Er musste ins Krankenhaus."

„Bei solchen Prügeleien gibt es schon mal Verletzte. Das weißt du doch aus unserem Dorf, Valja. Denk an die Sache mit Antoscha."

„Du verstehst nicht, Gena!" Valentina ärgerte sich über die Begriffsstutzigkeit ihres Mannes. „Es war keine normale Prügelei. Wenn ich den Polizisten richtig verstanden habe, dann wollten die Jungen den Mann beklauen."

Nun war es erst einmal still in der Küche. Schließlich sagt Gennadij: „Eigentlich kann ich mir nicht vorstellen, dass Vitja sowas macht. Prügelei mit Leuten aus einer anderen Bande – ja. Aber Fremde zusammenschlagen und beklauen – das war doch bisher nicht seine Sache."

„Eben!", trumpft Valentina auf. „Du musst mit ihm reden, Gena. Der Polizist hat gesagt, es gibt eine Anzeige und wenn Vitja noch mal bei sowas erwischt wird, benachrichtigen sie das Jugendamt."

Gennadij schlägt mit der Faust – der gesunden - auf den Tisch. „Das ist ja wohl mit Kanonen auf Spatzen schießen! Da macht der Junge einmal einen Fehler, und gleich machen sie aus ihm einen Kriminellen. Aber beruhige dich, Valja, ich werde mit ihm sprechen."

„Ja, und dann ist da noch die Sache mit Mascha und dem Türken."

„Ach, Valja, da habe ich keine große Sorge. Das wird sich von selbst erledigen. Wenn Mascha demnächst die Schule hinter sich hat, wird sie neue Leute kennenlernen und dieser - - wie heißt er noch?"

„Aslan."

„Dieser Aslan wird dann ganz sicher keine oder keine große Rolle mehr spielen. Aber es ärgert mich, dass sie mein Verbot missachtet. Sie hat sich an das zu halten, was ich ihr sage."

„Ich hab halt Angst, dass was passiert."

„Was soll passieren?" Gennadij schaute seine Frau verständnislos an.

„Ach, Gena, du weißt schon, was ich meine."

„Ach so. Na, ich denke, dafür ist Mascha zu klug. Das wird sie nicht riskieren. Sich alles verbauen."

Beide schwiegen eine Weile. Dann sagt Gennadij: „Übrigens, was ist so schlimm an Aslan? Ich habe ihn ein paar Mal getroffen. Kolja war dabei. Er war sehr höflich und redete ganz vernünftig."

„Ja, ich weiß, Kolja mag ihn. Aber er ist Türke ..."

„Und wir sind Russen, auch wenn wir offiziell Deutsche sind! Für die Deutschen sind wir genauso Fremde wie die Türken. Vergiss das nicht, Valja!"

„Ja, aber ..."

„Schluss jetzt, Valja!", unterbricht sie Gennadij, „ich bin müde. Außerdem spüre ich meine Hand wieder. Ich will mich ein bisschen hinlegen und die Hand hochhalten. Kannst du mir ein paar Kissen ins Schlafzimmer bringen? Damit ich den Arm hochlegen kann."

„Ja, natürlich, Gena. Entschuldige, dass ich dich gleich so mit den Problemen überfalle. Aber ich habe mich so allein gefühlt. So hilflos. Geh schon mal ins Schlafzimmer und leg dich hin. Ich hole dir die Kissen."

14

„Ich bin dann mal weg!", ruft Viktor vom Flur aus. Zog die Jeansjacke über. War im Begriff, die Wohnung zu verlassen. Valentina klapperte in der Küche. Abendbrotzeit. Mascha schlug sich in ihrem Kämmerchen mit einem Referat herum. Philosophie. Thema: Moral im Wandel der Zeit. Kolja lag im Doppelzimmer auf dem Bett und las.

„Viktor!", klingt es scharf aus dem Wohnzimmer. Oha, wenn der Vater ihn „Viktor" nannte, war Gefahr im Verzug.

„Jaaa", meldet sich Viktor. Zögert. Folgte nicht gleich dem Ruf. Erst mal abwarten, was kommt.

„Komm zu mir!" Also wurde heute nichts aus dem Treffen mit der Clique.

Widerwillig schlenderte Viktor in Richtung Wohnzimmer. Blieb im Türrahmen stehen. „Ja, was ist, Papa?"

„Setz dich! Ich will mit dir reden."

Lässig ließ sich Viktor in einen der Sessel fallen. Sein Vater ihm gegenüber auf der Schlafcouch.

„Deine Mutter hat mir da eine Schauergeschichte erzählt." Auch er sprach mit Frau und Kindern Russisch. „Was ist dran an der Sache?"

„An welcher Sache?" Viktor stellte sich erst mal dumm.

„Ich denke, du weißt genau, was ich meine!" Der Ton des Vaters wird schärfer. „Es hat eine Prügelei gegeben, und die Polizei war deswegen hier. Du und deine Freunde, ihr sollt einen Mann krankenhausreif geschlagen haben. Angeblich wolltet ihr ihn ausrauben."

„Ausrauben! So'n Quatsch! Der Typ hat uns angemacht. Ist uns schräg gekommen. Das lassen wir uns nicht bieten. Da hat es dann 'ne Prügelei gegeben." Viktor wusste genau, wie der Vater über Prügeleien unter Jungen dachte.

Also doch so, wie ich es vermutet habe. Valja hatte wie immer fürchterlich übertrieben. Trotzdem hakt Gennadij noch nach: „Und wieso hat dann die Polizei bei uns auf der Matte gestanden? Wenn es doch nur eine harmlose Rangelei war?"

„Weiß nich'. Muss wohl jemand bei denen angerufen haben. Jedenfalls sind die Bullen plötzlich aufgetaucht. Wir mussten dann alle unsere Namen und Adressen und all den Quark angeben, und ein paar von uns haben sie dann nach Hause gebracht. Mich auch."

„Stimmt das, dass der Mann ins Krankenhaus musste?"

„Ja, kann sein, aber - - -"

Gennadij unterbricht den Sohn: „Hör zu, Vitja", - wie gut, jetzt nannte er ihn wieder Vitja - „in Zukunft wirst du dich an solchen Rangeleien nicht beteiligen. Ich will nicht, dass die Polizei bei uns erscheint. Was sollen die Nachbarn denken. Die müssen uns ja für Kriminelle halten. Also, wenn's auch schwer fällt, halt dich da raus. Was die anderen machen, ist ihre Sache. Aber du wirst da nicht mitmachen. Haben wir uns verstanden?"

„Ja, aber - - -"

„Kein Aber! Du wirst tun, was ich dir sage. Und jetzt hol mal deine Schwester. Mit der habe ich auch zu reden."

15

Der Himmel hing grau und schmutzig über der Stadt. Nikolaj öffnete das Fenster des Doppelzimmers. Schaute missmutig hinaus. Wolken zum Anfassen. Dachte er. Und machte sich auf in Richtung Badezimmer.

Er war früh dran heute. Aber egal. Dann musste er wenigstens nicht hetzen. Mal ganz entspannt in die

Schule. Und nicht wie sonst im Schweinsgalopp. Das war doch mal was.

Die Mutter war nicht mehr zu Hause. Die Büroreinigung begann für Nikolajs Empfinden bereits mitten in der Nacht. Der Vater war weiter krankgeschrieben. Aber noch nicht aus dem Wohn-/Schlafzimmer aufgetaucht. Wahrscheinlich genoss er es, nicht so früh wie sonst aufstehen zu müssen.

Nikolaj ging in die Küche. Goss Milch in einen gepunkteten Becher. Rührte Kakaopulver hinein. Schnitt eine Scheibe Brot ab. Strich Margarine drauf. Legte vier dicke Scheiben Salami darüber. Er wollte gerade mit dem Frühstück anfangen. Nacheinander kamen Mascha und Viktor in die Küche. Mascha mit wippendem Gang. Viktor schlurfend mit hängenden Schultern. Nicht ausgeschlafen. Gestern, nach dem Gespräch mit dem Vater, war ein Treffen mit den Kumpeln nicht mehr drin gewesen. Also hatte er sich aufs Spielen verlegt. Bis weit nach Mitternacht hatte er am Computer gezockt. Während Nikolaj sanft und selig schlief.

„Was machst du denn schon so früh hier? Aus dem Bett gefallen?", fragt Viktor und gähnt.

„Nee, konnte nicht mehr schlafen", erklärt Nikolaj. Stand auf. Räumte Teller und Becher in die Spülmaschine.

„Wartest du auf uns?", fragt Mascha, während sie für sich und Viktor Brot schnitt.

„Nee, ich geh schon mal los. Mal sehn, wer schon da ist."

Nikolaj holte seinen Rucksack. Rief „Bis dann!" aus dem Flur. Und war weg.

Dass er so früh schon die halbe Klasse antreffen würde, hatte er nicht erwartet. Im Allgemeinen war er einer der Letzten. Hetzte gerade noch, bevor der Lehrer kam, ins Klassenzimmer.

Was machten die denn alle so früh hier? Am Fenster stand eine Gruppe. Umringte einen Schüler, den Nikolaj erst beim genauen Hinsehen erkannte: Bertram. Streber und Loser der Klasse. Je nachdem von welcher Warte aus man ihn betrachtete. Kleiner als die meisten Gleichaltrigen. Schmächtig. Brille. Rippenunterwäsche. Die erregte bei jedem Sportunterricht überbordende Heiterkeit. Aber im Prinzip war er eigentlich in Ordnung. Fand Nikolaj. Er ließ Hausaufgaben oder auch mal während einer Klassenarbeit abschreiben. Und war immer hilfsbereit. Dass seine Eltern ihm unmögliche Klamotten kauften, dafür konnte er ja nichts. Und für die Brille auch nicht.

„Na, du Spast, wieder brav die Hausaufgaben gemacht? Willst dich wieder einschleimen, was?!" Jeder Satz war begleitet von einem – noch – leichten Puff in Bertrams Rippen. Und Gelächter aus der Gruppe. „Was hast'n heute wieder an, du Lappen?! Sieht ja voll Scheiße aus, dein Shirt. Wer kauft dir denn so'n Mist?!" Jetzt wurden die Knuffe stärker. Bertram versuchte, sich durch abwehrende Armbewegungen zu schützen. Ziemlich erfolglos.

Denn der ihn da so traktierte, das war Dennis. Einer der Größten und Stärksten und heimlicher „Leader" der Klasse.

Entschlossen ging Nikolaj auf die Gruppe zu. Er packte Dennis, der mit dem Rücken zu ihm stand, kräftig an der Schulter. Drehte ihn zu sich herum: „Lass ihn in Ruhe. Was hat er dir getan?"

Dennis reagierte reflexartig. Eine Faust traf Nikolaj an der Nase. Erst als er erkannte, wer da vor ihm stand, nahm sich Dennis zurück. Denn Nikolaj war zwar nicht so groß wie Dennis. Aber mindestens ebenso kräftig. Und außerordentlich wendig. Diese Erfahrung hatte Dennis in einer Auseinandersetzung mit ihm bereits schmerzhaft gemacht.

Nikolajs Nase blutete. Aber er hatte keine Lust auf Streit am frühen Morgen. „Lass ihn in Ruhe!", sagt er noch einmal. Zog ein zerknautschtes Tempo aus der Hosentasche, um den Blutfluss aus seiner Nase zu stoppen.

Dennis versuchte, sich zu rechtfertigen. „Guck'n dir doch mal an! Wie sieht er denn aus mit diesen bekackten Klamotten!"

„Das kann dir doch egal sein. Kann sowieso nich' jeder in Markenklamotten rumlaufen wie du. Haste schon vergessen, wie oft du bei ihm abschreiben konntest? Was wärste denn ohne seine Hilfe? Beim MSA[2] brauchste ihn doch wahrscheinlich auch wieder."

----
2   Mittlerer Schulabschluss

Dennis stutzte. Ja, Nikolaj hatte Recht. Er würde Bertram noch brauchen. Aber der war ein so bequemes Mobbing-Opfer. Konnte sich nicht wehren. Nicht mit Worten und erst recht nicht mit Fäusten.

„Was haste denn mit dem am Hut?", brummt Dennis noch und löst sich aus der Gruppe. „Biste schwul?" Die Frage war ein Witz. Denn Dennis wusste, dass Nikolaj mit Natascha aus der Parallelklasse ging.

Nikolaj wandte sich wortlos um. Entsorgte das blutige Tempo im Papierkorb. Ging zu seinem Platz. Auch die Jungen aus der Gruppe schlurften an ihre Plätze. Enttäuscht, dass sie um die erwartete Auseinandersetzung betrogen wurden. Entweder mit Bertram oder mit Nikolaj.

16

Ohne dass Valentina etwas davon mitbekam, schlich sich Mascha am Nachmittag aus ihrem Zimmer. Prüfte kurz ihr Aussehen vor dem ovalen, messinggerahmten Spiegel im Flur. Der war der ganze Stolz der Mutter. Wurde immer auf Hochglanz gebracht. Gennadij war nicht zu Hause. Hatte einen Arzttermin. Nikolaj saß im Jungenzimmer und büffelte für den MSA. Viktor war nach der Schule gar nicht erst nach Hause gekommen. Was bei Valentina einen Wutausbruch ausgelöst hatte.

Unbemerkt kam Mascha bis zum Fahrstuhl, vor dem sie ungeduldig wartete. Dass sie jetzt bloß keiner sah! Und ihren Weg verfolgte. In diesem Haus, in dem fast nur Aussiedlerfamilien wohnten, kannte jeder jeden. Und es wurde geklatscht. Nichts blieb verborgen. Wer wann das Haus betrat oder es verließ. Ob allein oder in Begleitung. Wer wie gekleidet war. Wer was am Mittag kochte. Wer was am Wochenende einkaufte. Immer gab es irgendjemanden, der „ganz zufällig" mitbekam, was so im Haus lief. Dann dauerte es höchstens einen Tag, bis die Neuigkeiten auch den letzten Mieter erreicht hatten.

Blicke nach allen Seiten. Zwei Hochhäuser weiter ein Hauseingang. Hier lebten überwiegend türkische Familien. Niemand würde sich hier um ein russlanddeutsches Mädchen auf einem der Gänge kümmern.

Mit dem Aufzug in die sechste Etage. Ein langer Gang. Die Tür ganz am Ende. Außer Atem blieb Mascha stehen. Drückte auf den Klingelknopf neben dem Namensschild Turgut. Aus der Wohnung drang Kindergeschrei. Aslan hatte zwei jüngere Geschwister. Bruder Aktan zwölf. Schwester Aysel zehn.

Die Tür wurde aufgerissen. Aktan und Aysel, die eben noch lauthals gestritten hatten, strahlten Mascha an. Schrien in die Wohnung: „Aslan! Mascha ist da!"

63

Aus einem der Zimmer kam Aslan. Lang und schmal. Schwarzer Wuschelkopf. Große braune Augen. Auch er strahlte. Nahm Mascha in seine Arme. Küsste sie leicht auf den Mund. Aktan und Aysel verscheucht er: „Ab mit euch ins Kinderzimmer!" Aysel kreischt noch: „Verliebt, verlobt, verheiratet!". Verschwand dann aber mit dem Bruder in ihrem gemeinsamen Zimmer.

„Schön, dass du gekommen bist", sagt Aslan und schob Mascha sanft in sein Zimmer. Um einiges größer als ihr Kämmerchen war der Raum. Aber viel mehr Platz gab es auch nicht. Denn die zusätzlichen Quadratmeter waren durch Mobiliar vollgestellt. An der Wand dem Fenster gegenüber machte sich eine dickbauchige Schrankwand breit. Daneben quetschte sich ein prall gefülltes Bücherbord in die Ecke. Vor dem Fenster breitete sich ein Schreibtisch von majestätischer Größe aus. Auf dem nahm sich das Notebook geradezu zierlich aus. Ein nicht unbedingt platzsparender Drehsessel ergänzte das Ensemble. Zu allem Überfluss verstellten noch ein paar Kleinmöbel den freien Durchgang. Ein Bett gab es auch noch.

„Ich hatte schon fast nicht mehr mit dir gerechnet."

„Ich hätte auch beinahe nicht kommen können", sagt Mascha. „Aber ich hab es dann doch geschafft, mich rauszuschleichen. Ich bin sicher, Mutter hat nichts gemerkt. Und Vater war gar nicht zu Hause." Nach einer kurzen Pause redet sie weiter: „Meine Mutter ist heute sowieso mit anderen Sachen beschäftigt." Und als Aslan sie fragend ansieht: „Viktor ist nach der Schule nicht nach Hause gekommen. Sie hat überall rumtelefoniert. Aber niemand wusste was. Ich vermute, er ist bei einem Kumpel. Aber die halten alle dicht. Abends ist er immer mit seiner Clique unterwegs. Das passt meiner Mutter nicht."

„Warum macht deine Mutter so einen Stress? Viktor ist kein kleiner Junge mehr."

„Ja, schon. Aber die Clique - - na ja, die Jungs sind nicht gerade zimperlich. Neulich war sogar die Polizei bei uns."

„Die Polizei? Wieso das denn?"

„Ein paar aus der Clique haben einen jungen Mann überfallen, geschlagen und getreten. Wollten ihn abziehen. Und Vitja war dabei."

„Krass! Sind die aus der Clique alle so drauf?"

„Ich glaub schon."

„Dann kann ich verstehen, dass sich deine Mutter Sorgen macht."

„Ja, okay. Aber kannst du auch verstehen, warum sie mir verbietet, Dich zu sehen?" Maschas Stimme wird schrill. „Stell dir vor, sie hat jetzt auch meinen Vater gegen uns aufgehetzt. Er hatte eigentlich gar nichts gegen dich, und ich glaube, er fand es auch nicht weiter schlimm, dass ich mit dir zusammen bin. Aber auf einmal hat er seine Meinung geändert. Da steckt ganz sicher meine Mutter dahinter. Wenn es nach ihr ginge, dürfte ich nur mit Aussiedlern verkehren. Aber die sind mir alle zu blöd. Mir sind Türken lieber."

„Auch unter denen gibt's nicht nur Engel", widerspricht Aslan. „Unter den Türken hier im Haus sind etliche auch gewaltbereit. Es hat schon Überfälle gegeben. Es soll eine richtige Gang geben, die sich regelmäßig mit den Aussiedlerjungs aus eurem Haus prügelt. Die sollen auch Drogen an Schulkinder verteilen."

„Verteilen?"

„Na ja, du weißt doch, wie das läuft", erklärt Aslan. „Zuerst wird ein bisschen zum Naschen kostenlos abgegeben, und dann, wenn die Kids Blut geleckt haben, wird vertickt."

„Und das machen eure Leute?"

„Nicht alle, aber einige, ja." Aslan holte tief Luft. „Das ist auch der Grund, warum meine Eltern hier weg wollen." So, jetzt war es heraus.

„Hier weg?" Mascha starrte ihn entsetzt an, genauso wie er es befürchtet hatte. „In eine andere Stadt?"

„Nein, nicht gleich in eine andere Stadt. Aber in ein anderes Viertel. - Wo nicht so viele Türken auf einen Haufen leben", ergänzt er mit einem kleinen Lachen.

„Und was wird dann aus uns?", fragt Mascha, Panik in der Stimme.

„Ich bin nicht aus der Welt, begegim[3]."

---

3   türk.: Schatz, Liebling

„Nein. Aber ich kann nicht mal eben kurz zu dir rüber kommen und auch ganz schnell wieder zu Hause sein. Vielleicht wohnst du dann weiter weg. Und ich muss mir für meine Eltern was einfallen lassen. Wo ich bin."

„Das machst du doch jetzt auch schon. Hast du nicht neulich Lena gebeten - -"

„Ja, klar!", unterbricht ihn Mascha heftig. „Ab und zu kann ich sagen, ich bin bei Lena. Aber nicht immer. Das würde sie misstrauisch machen."

„Lass uns jetzt nicht weiter darüber streiten, Maschenka! Bis jetzt haben meine Eltern noch nichts unternommen. Sie haben noch nicht einmal angefangen zu suchen." Dass er vorhatte, irgendwann ein Semester im Ausland zu studieren, sagte Aslan vorsichtshalber nicht. Er wollte den Nachmittag nicht total verderben.

Nach Aslans beruhigenden Worten ließ sich Mascha mit einem tiefen Seufzer in einen Korbsessel neben Aslans Bett fallen. „Ja, du hast ja Recht, Aslantschik[4]. Der ganze Zoff zu Hause macht mich schon ganz irre."

Aslan streichelte sanft über Maschas Haar. Setzte sich dann im Schneidersitz auf sein Bett und schaute die Freundin zärtlich an. Sie war wirklich ein verdammt hübsches Mädchen. Auch wenn sie sich manchmal rasch – und grundlos, wie er fand – aufregte wie gerade eben: Sie war eine Frau ganz

---

4   -tschik: russische Endung als Verkleinerungs- oder
     Koseform

nach seinem Geschmack. Er liebte ihre offene Art. Ihr selbstbewusstes Auftreten. Ihre Zärtlichkeit und ihre Leidenschaft. Und noch ein paar Kleinigkeiten mehr. Im Gegensatz zu ihren hatten seine Eltern nichts gegen seine Beziehung zu dem deutsch-russischen Mädchen.

Jetzt würden sie sich erzählen, wie ihr Tag gelaufen war. Was es sonst noch zu bequatschen gab. Vielleicht auch über die letzten politischen Ereignisse diskutieren. Und danach – nun ja, je nach Zeit und Lust und Laune würde auch noch etwas anderes folgen. Dieser Ablauf hatte sich eingespielt wie ein Ritual. Aber heute hatte Mascha nicht genügend Zeit und eigentlich auch keine Lust. Heute wollte sie einfach nur reden. Jemanden haben, der ruhig zuhören und vielleicht einen klugen Rat geben konnte. Und das konnte Aslan. Hervorragend. Mascha fragte sich manchmal, woher er diese Ruhe, diese Gelassenheit, diese Ausgeglichenheit nahm. In den gut anderthalb Jahren, die sie zusammen waren, hatte sie ihn nie wütend oder ausfallend erlebt. Manchmal war er sauer oder hatte einfach schlechte Laune. Er konnte sich auch über etwas aufregen. Aber völlig ausgerastet war er noch nie.

„Aslan", sagt Mascha schließlich, „da gibt es noch ein Problem mit meinen Eltern."

„Und das wäre?", fragt Aslan.

„Nach dem Abi soll ich mich bei einer Bank bewerben. Ich will aber studieren. Ein Studium wollen meine Eltern nicht finanzieren. Sie sagen, ein Mädchen heiratet doch irgendwann. Und dann ist das rausgeworfenes Geld. Schon die Oberstufe im Gymnasium wäre eigentlich Quatsch gewesen. In der Zeit hätte ich schon längst was verdienen können."

Es dauert eine Weile, ehe Aslan sagt: „So denken auch viele türkische Eltern. Leider. Ich finde, auch Mädchen sollten so gut ausgebildet werden, wie es ihren Fähigkeiten entspricht. Wer weiß, ob sie heiraten. Wer weiß, wie lange die Ehe hält. Es ist gut, wenn Frauen auf eigenen Füßen stehen." Nach einer Pause fährt er fort: „Aber wenn deine Eltern sich weigern, ein Studium zu bezahlen, dann musst du eben selber für dich sorgen."

„Ja, ich kann BAföG beantragen. Aber dafür müssen meine Eltern angeben, wie viel sie verdienen."

Aslan nickt. „Ja, wo ist das Problem?"

„Was mache ich, wenn sie sich weigern?"

Für einen Moment war Aslan irritiert. Dann fragt er: „Warum sollten sie sich weigern?"

„Weil sie nicht wollen, dass ich studiere."

„Ja, dann - -", überlegt Aslan, „dann hast du allerdings schlechte Karten. Dann wirst du jobben müssen. Aber auch das lässt sich packen."

17

Gegen 21 Uhr hielt es Valentina nicht mehr aus. Viktor war nach der Schule nicht nach Hause gekommen. Gut, das passierte jetzt öfter. Aber bis zum Abend nicht aufzutauchen, das war bisher noch nicht vorgekommen. Zeit, die Polizei zu verständigen. Sie hätte gern Freunde oder Klassenkameraden angerufen und nach Viktor gefragt. Aber außer zwei Freunden aus dem Haus kannte sie niemand aus seiner Clique. Die beiden Freunde hatten ihr auch nicht weiterhelfen können.

Entschlossen stampfte sie ins Zimmer der Jungen. Nikolaj, der immer noch für die Prüfungen büffelte, schaute erschrocken hoch.

„Kolja, komm! Ich will bei der Polizei anrufen. Aber du musst reden. Ich kann nicht gut genug Deutsch."

„Mama, keep cool! Vitja muss 24 Stunden verschwunden sein, bevor du eine Vermisstenmeldung aufgeben kannst. Und auch nicht telefonisch. Wir sollten zur Wache gehen und gleich ein Foto mitnehmen. Aber erst mal müssen wir noch warten. Vielleicht taucht er ja heute Nacht noch auf."

„Ach, was ist das bloß für ein Land, wo Kinder erst 24 Stunden vermisst sein müssen, bevor man was tut! Wären wir doch -"

„Mama! Krieg dich wieder ein! In Kasachstan ist das wahrscheinlich genauso."

„In Kasachstan geht sowieso alles drunter und drüber. Da wundert mich gar nichts. Aber hier - - ich hab mir das alles ganz anders vorgestellt."

„Solche Sachen sind überall gesetzlich geregelt, Mama. Also komm runter und entspann dich! Geh rüber zu Papa und guck ein bisschen in die Röhre. Im Moment können wir sowieso nichts machen."

„Wie kannst du nur so ruhig sein, Kolja!" Kopfschüttelnd trat Valentina den Rückzug an. Drohte aber zum Schluss noch: „Aber wenn Vitja morgen früh nicht zu Hause ist, gehe ich trotzdem zur Polizei. Und du wirst mitkommen!"

Die letzten Worte hatte Mascha gehört. Die stand plötzlich hinter der Mutter in der geöffneten Tür. Sie hatte Nikolaj etwas fragen wollen. Fragt nun aber etwas ganz anderes: „Warum geht ihr nicht gleich zur Polizei?"

„Weil wir erst 24 Stunden warten müssen, bevor wir 'ne Anzeige machen können", antwortet Nikolaj.

„Wo hast du das denn her?", fragt Mascha. „Das stimmt doch gar nicht! Bei Kindern suchen sie sofort."

„Ja, bei Kindern, aber Vitja ist kein Kind mehr", widerspricht Nikolaj.

„Kinder, das bedeutet Minderjährige", beharrt Mascha. „Und Vitja ist minderjährig."

„Woher weißt du das mit den Kindern denn so genau?" Nikolaj versuchte, seine Behauptung zu retten.

„Aus dem Kurs", erklärt Mascha kurz. Dann fügt sie hinzu: „Aber vielleicht ist es tatsächlich besser, noch ein bisschen zu warten. Es ist erst neun. Als die Polizei ihn neulich gebracht hat, war es nach zehn. Was werden die wohl sagen, wenn ihr jetzt bei ihnen erscheint? Kurz nach neun. Und ihn als vermisst meldet."

18

Kurz vor dem Einkaufszentrum entdeckte Lena Toto in der Menge an der Bushaltestelle. In der Hoffnung, dass er sie nicht gesehen hatte, mischte sie sich unter die Leute, die ins Zentrum eilten. Gerade wollte sie aufatmen – geschafft! -, als sich eine Hand auf ihre Schulter legte.

„Hi, Lena, hast du mich nicht gesehen?"

Lena spielte die Erstaunte: „Nein, wo warst du denn?"

„Ich hab an der Haltestelle auf den Bus gewartet. Lena, bitte, lass uns noch einmal miteinander reden."

„Es ist alles gesagt, Toto! Meine Entscheidung steht fest."

„Bitte, Lena, nur auf einen Kaffee!"

„Also gut, auf einen Kaffee. Aber dann muss ich weiter."

„Ja, ja, ich hab ja auch noch was zu tun", sagt Toto, während sie weitergehen. „Ich muss noch zu meinem Onkel. Geld abholen."

„Geld abholen?"

„Ja, für unsere Ferienreise. Eigentlich hatte ich ja gedacht - -."

In dem kleinen Café waren fast alle Plätze besetzt. Ein rundes Tischchen mit zwei Stühlen fanden die beiden schließlich doch noch. Direkt am Fenster.

„Toto", setzt Lena das Gespräch fort, als sie jeder mit einem Kaffee im Pappbecher an dem Tisch Platz genommen haben, „auch darüber haben wir gesprochen. Ich werde nicht mitkommen. Daran wird sich nichts ändern. Und du bist doch nicht allein. Dein Bruder kommt doch mit auf die Radtour."

„Ja, aber - -." Mutlos brach Toto ab. Eine Weile sagte er gar nichts. Lena musterte betont interessiert die Passanten. Verfolgte aufmerksam, wer kam und wer ging.

„Lena", beginnt Toto schließlich erneut. Zaghaft. „Wir sind mehr als ein Jahr zusammen. Und wir haben uns doch immer gut verstanden. Jedenfalls habe ich das gedacht. Und nun willst du einfach Schluss machen. Ich versteh es nicht, Lena. Warum? Was hab ich dir getan?"

„Gar nichts, Toto. Getan hast du mir gar nichts. Ich habe dir doch alles erklärt. Du klammerst. Du schnürst mich ein, Toto. Du willst ständig mit mir zusammen sein. Am liebsten würdest du mich in einen Käfig sperren und abschließen. Damit du mich ganz für dich hast." Toto wollte protestieren. Aber Lena machte unbeirrt weiter: „So eine Beziehung kann und will ich nicht haben. Ich will auch mit anderen zusammen sein. Und ich brauche auch Zeit für mich selbst. Aber das habe ich dir doch alles schon erklärt, Toto. Es gibt nichts mehr zu diskutieren."

„Und wenn ich mich ändere? Wenn ich dir mehr Freiheit lasse? Glaub mir, ich kann mich ändern. Lass es uns doch wenigstens versuchen!"

„Nein, Toto! Du hast schon so oft versprochen, dass sich alles ändern wird. Und nichts ist passiert. Nach wie vor hängst du an mir wie eine Klette. Jeden Nachmittag willst du mich sehen. Und wenn ich mich entziehe, hagelt es Vorwürfe. Ich hab die Nase gestrichen voll von so einer Beziehung!"

Lena stand auf, nahm ihre Tasche: „Ich muss los, Toto. Wir seh'n uns im Kurs. Bis dann!"

19

Zwei Tage später tauchte Viktor wieder auf. Ohne Polizei. Die hatte in der Zwischenzeit nichts über seinen Aufenthalt herausgefunden.

Für seine Rückkehr hatte er einen möglichst unauffälligen Zeitpunkt gewählt: die Zeit, zu der er normalerweise von der Schule nach Hause kam. Zunächst ging seine Rechnung auf. Die Familie war mit den Vorbereitungen für das Mittagessen beschäftigt. Aus der Küche kam lebhaftes Palaver, sodass er unbemerkt in das gemeinsame Zimmer huschen konnte. Irgendwann würde er natürlich entdeckt werden. Spätestens, wenn Kolja nach dem Essen ins Zimmer kam.

Aber Kolja kam nach dem Essen nicht ins Zimmer. Verließ nach einem „Ciao. Bis dann!" die Wohnung. Umso besser. Viktor, der bis jetzt hinter der Tür lauschend gewartet hatte, warf sich auf sein Bett. Starrte an die Decke. Wie würde es jetzt weitergehen?

Der Zoff zu Hause, vor allem das hysterische Lamento der Mutter – das fürchtete er nicht. Der Vater würde ihn sicher auch zusammenfalten. Aber letzten Endes vor der Mutter verteidigen. Er war der Meinung, dass Jungen eben auch mal über die Stränge schlagen müssen, ehe sie zu Männern werden. Zu richtigen Männern. Nicht so ein Weichei, so ein Appeaser wie Kolja.

Nein, davor hatte Viktor keine Angst. Aber was war mit den Kumpeln? Würden die alle dicht halten? Und die Polizei? Möglich, dass der eine oder andere auf der Überwachungskamera zu erkennen war. Obwohl sie die Sweatshirt-Kapuzen tief ins Gesicht gezogen hatten. Dann würde es Besuch von den Bullen geben. Und bei den Älteren auch Verhaftungen. Würden die Verhafteten die anderen verpfeifen? Um vielleicht die eigene Haut zu retten? Wie war das noch? Gab es da nicht so was wie 'ne Kronzeugenregelung? Da konnte man manchmal ganz ohne Strafe davonkommen. Oder wenigstens ein mildes Urteil kriegen. Hatte irgendwer mal gesagt.

Und wenn die Polizei hier bei ihnen auftauchte? Dann wäre es wohl auch mit dem Wohlwollen des Vaters vorbei. Er hatte ihm doch eingeschärft, er, Viktor, solle sich raushalten. Sich nicht an Aktionen beteiligen, die die Polizei ins Haus bringen könnten. Wenn jetzt die Bullen kämen, wäre Schluss mit lustig.

Aber warum sollten die eigentlich kommen? Es gab keine Zeugen. Niemand war an diesem späten Abend unterwegs gewesen. Und die Kamera? Scheiß auf die Kamera! Sie hatten so schnell gearbeitet, dass sicher keiner von ihnen zu erkennen war. Jedenfalls nicht richtig scharf. Und dann auch noch die Kapuzen. Nein, ausgeschlossen. Da kam nichts nach.

Allerdings – wie sollte er den Eltern die zwei Tage erklären? Die er nicht nach Hause gekommen war. Würde es genügen, einen Kumpel aus der Schule anzugeben? Den sie nicht kannten und der nicht in ihrem Block wohnte. Also keine Überprüfung möglich. Weil er die Telefonnummer nicht wusste.

Und im Dunkeln nicht darauf geachtet hatte, wo der Kumpel genau wohnte.

20

Klarer Himmel. Strahlende Sonne, die die letzten Pfützen der vergangenen Nacht trocknete. Flammende Bäume in Blutrot, Gold und Braun. Taumelnde Blätter im lauen Wind. Für die Jahreszeit ungewöhnlich warm. Ein schöner Tag.

Nicht für Natascha. Sie hatte sich im Bad eingeschlossen. Der verräterische Streifen lag vor ihr neben dem Wasserhahn auf dem Waschtischrand. Im Spiegel darüber ein fremdes Gesicht. Bleich, schneeweiß. Die Augen weit aufgerissen. Sah man ihr das schon an? Nein, das war wohl doch nicht möglich, dass man das am Gesicht ablesen konnte. So früh.

Sie musste so schnell wie möglich mit Kolja sprechen. Vielleicht wusste er, was zu tun war. Ganz sicher hätte er einen Plan. In jedem Fall würde sie sich nicht mehr so allein fühlen. So schrecklich allein.

Seit fast vier Wochen begleitete sie die Angst. Und die Hoffnung, dass es doch nur eine kleine Unregelmäßigkeit war. So was kam vor. Bei Olga aus dem zweiten Stock, die auch in ihre Klasse ging, war es einmal sogar ganz ausgeblieben. Ohne dass was war.

Aber nun gab es kein Vertun mehr.

Natascha griff zu ihrem Handy. Tippte und wartete. Die Mailbox. Mist! Wo steckt er denn? Sie hatte gerade eine Nachricht hinterlassen. Da klingelte ihr Handy. Nikolaj.

„Wo warst du denn, Kolja? Ich hab dir eben auf die Mailbox gequatscht."

„Wir waren mit der Klasse in der Bibliothek. Da musste ich das Handy ausschalten. Was gibt's denn?"

„Ich muss unbedingt mit dir sprechen, Kolja. Es ist dringend. Ganz dringend. Können wir uns heute Nachmittag treffen?"

„Klar. Was gibt's denn so Dringendes?"

„Nicht am Telefon, Kolja. An unserem Platz?"

„Geht in Ordnung. Und wann?"

„Um drei?"

„Okay. War's das?"

„Ja."

„Bis dann. Ciao."

„Ja. Ciao." Nataschas „Ciao" war nur noch gehaucht. Wie nach einer großen Anstrengung sank sie erschöpft auf den Hocker neben der Badewanne. Die Ellbogen auf dem

Waschbeckenrand. Den Kopf auf den gefalteten Händen, starrte sie auf den Streifen.

Wie lange sie so gesessen hatte, wusste sie nicht. Plötzlich hämmerte jemand draußen an die Badezimmertür.

„Ej, wer is'n da drin? Ich muss aufs Klo!" Sonja, Nataschas kleine Schwester, rüttelte an der Klinke.

Wohin jetzt mit dem Streifen? In den Toiletteneimer ging nicht. Da konnte ihn die Mutter oder die Schwester leicht entdecken. Schnell ließ ihn Natascha in der Tasche ihrer Jeans verschwinden. Entsorgen musste sie den Streifen nachher. In einem öffentlichen Abfallkorb. Jetzt musste sie ganz cool aus dem Bad kommen. So tun, als ob sie sich nur ein bisschen nachgeschminkt hätte.

Den Streifen einfach in der Toilette runterspülen – auf diese Idee kam Natascha in ihrer Panik nicht.

„Was machste denn da so lange im Bad?", will Sonja wissen.

„Und was machst *du* für 'nen Aufriss?", gibt Natascha zurück. Statt einer Antwort.

„Ich muss vielleicht ganz dringend mal Pipi!", schreit Sonja. Und verschwand im Bad.

Kopfschüttelnd ging Natascha in ihr Zimmer. Anders als Nikolaj musste sie es nicht mit einem ihrer Geschwister teilen. Die Wohnungen auf dieser Seite des Ganges hatten einen Raum mehr, sodass alle Kinder der Familie Engel sich in eigene vier Wände zurückziehen konnten. Sonja allerdings in ziemliche Enge. Denn sie hatte das große Los des „halben" Zimmers, das eigentlich ein Viertel war, gezogen.

Natascha setzte sich an den Schreibtisch, der vor dem Fenster stand. Schaute hinaus in den strahlenden Tag. Ohne etwas wahrzunehmen. Nicht den Himmel, der im Herbst dieses besondere, tiefe Blau zeigte. Als habe man ihn extra geputzt. Nicht die leuchtend bunten Blätter der Bäume in der Grünfläche zwischen den Hochhäusern.

Noch anderthalb Stunden bis zum Treffen. Wie würde Kolja reagieren? Würde er wollen, dass sie ... Nein, das wollte *sie* nicht! Aber wie sollte das alles gehen?

Mit einem schweren Seufzer stand sie auf. Für Hausaufgaben hatte sie jetzt keinen Kopf. Fernsehen? Nein, danke! Sie merkte plötzlich, dass sie von der Aufregung ziemlich müde war. Am besten, sie legte sich noch ein bisschen hin. Zeit war genug. Vielleicht konnte sie sogar noch ein bisschen schlafen.

Als sie aufwachte, war es Viertel vor drei. Schreck, lass nach! Jetzt musste sie sich beeilen. Nikolaj hasste Warten. Schuhe an. Schnürsenkel in die Seiten gestopft. Jacke über die Schulter. Die konnte sie noch im Aufzug anziehen. Mit einem lauten „Ich treff mich mit Kolja!" war sie weg.

„Ihr" Platz. Ein geheimer Ort. Wenn es etwas zu bequatschen gab. Was absolut keiner hören sollte. Eine versteckte Bank im Park. Auf ihr saß Nikolaj schon, als Natascha ankam. Hochrotes Gesicht. Außer Atem.

„Wartest du schon lange?"

„Nein, bin auch grade gekommen. Beruhige dich, kleine Maus. Du bist ja ganz fertig. Setz dich zu mir und komm erst mal runter!"

Natascha folgte seiner Aufforderung. Als sie neben ihm saß, legte er den Arm um sie. Drehte sich zu ihr. Gab ihr einen kleinen Kuss. Leicht. Und zärtlich. Dann schwiegen sie eine Weile.

Schließlich fragt Nikolaj: „Was gibt es denn so Aufregendes, dass wir uns unbedingt sofort hier treffen müssen?"

Einen Moment lang schwieg Natascha noch. Dann sagt sie: „Kolja, ich bin schwanger."

21

„Wie geht es denn jetzt weiter mit dir und Toto, Lena?" Mascha saß mit ihrer Freundin in Lenas geräumigem Zimmer. Drei Kuschelsessel um einen Glastisch. Ein ausladendes Designerbett. Mittelding zwischen Sofa und Bett. Ein Schreibtisch mit viel Platz. Und ein Regal bis zur Decke. Voller Bücher. Die vielen Bücher machten Mascha jedes Mal neidisch. In ihrem engen Kämmerchen war kein Raum für solchen „Luxus".

In diesem Haus herrschten andere Verhältnisse. Große Räume. Viel Platz. Geschmackvolle Einrichtung.

„Wie soll es schon weitergehen? Gar nichts geht weiter. Schluss. Aus. Ende!"

„Willst du wirklich mit ihm Schluss machen?"

„Ich will es nicht – ich hab es schon getan!"

„Du hast es ihm schon gesagt?"

„Ja, er weiß Bescheid."

„Und wie hat er reagiert?"

„Na, wie wohl? Du kennst ihn doch. Gebettelt hat er. Dass wir es doch noch mal versuchen könnten. Er würde sich auch ändern. Aber das hat er schon so oft gesagt. Und dann ist alles immer so geblieben, wie es war. Wahrscheinlich kann er gar nicht anders. Muss seine Freunde mit Haut und Haar verschlingen. Carsten hat sich auch schon beschwert."

„Sein Freund Carsten?"

„Ja, den hat er auch ständig genervt mit seiner Fragerei: 'Wo gehst du hin, warum können wir uns nicht treffen, was hast du denn so Wichtiges zu tun, wann kommst du?' Den hat er erst losgelassen, als er mich gekrallt hatte."

„Dann bist du jetzt wieder solo. Wie kommst du damit klar?"

„Ach, Mascha-Schätzchen, das kannst du dir gar nicht vorstellen, was? Allein zu sein. Ohne einen „Beschützer". Da habt ihr aus Russland – entschuldige – aus Kasachstan noch ganz andere Vorstellungen. Ich kann dir versichern, es fühlt sich gut an, wieder frei zu sein. Ohne ständige Kontrolle zu tun, wonach mir gerade ist. Irgendwann wird es sicher wieder jemand geben. Aber ich hab keine Eile. Bis dahin genieß ich erst mal meine Unabhängigkeit."

„Und deine Eltern? Die mochten Toto doch so gerne. Was sagen die dazu?"

„Die wissen es noch gar nicht. Ja, sie werden es bedauern, wenn ich es ihnen sage. Aber sie hängen sich nicht rein in meine Beziehungen. Sie sagen, das ist meine Sache. Haben Vertrauen, dass ich mich richtig entscheide."

„Du Glückliche!", seufzt Mascha.

Lena sah die Freundin streng an. „Hör mal, Mascha, du bis demnächst 18. Kannst selbst entscheiden, was für dich richtig ist. Oder falsch. Lass dich von deiner Familie nicht so unter Druck setzen! Ob dein Freund Türke, Jude, einer von euren verhassten Russen oder sonst was ist, egal. Du liebst Aslan, basta! Das allein zählt. Und Aslan ist doch okay. Keiner aus der Gang. Was kann man denn gegen einen netten Studenten im zweiten Semester haben?"

„Meinen Eltern geht's ums Prinzip. Sie wollen unbedingt, dass ich einen Deutschen heirate. Und sie wollen auch nicht, dass ich studiere. Ich soll irgendwo eine Lehre machen und dann arbeiten, heiraten und Kinder kriegen. So wie sie's von Kasachstan her kennen."

„Wie krank ist das denn?!"

„Aber das ist noch nicht das Schlimmste. Aslan hat mir neulich erklärt, dass sie hier wegziehen wollen. In einen anderen Bezirk. Dann wird es für mich noch schwieriger, ihn zu treffen. Dann wird das mit den Ausreden, wo ich so lange geblieben bin, noch komplizierter. Wenn ich zu oft sage, ich bin bei dir, werden sie garantiert misstrauisch. Und rufen hier an. Oder tanzen sogar hier an!"

Kopfschüttelnd betrachtete Lena die Freundin. „Mann-o-Mann, Mascha! In deiner Haut möchte ich nicht stecken. Aber irgendwie werden sich die Probleme sicher lösen lassen. Das Einfachste wäre, du würdest deinen Eltern gegenüber ganz energisch klarstellen, dass du Aslan liebst und mit ihm zusammenbleiben wirst. Ganz egal, was sie davon halten. Und wenn sie das nicht akzeptieren, suchst du dir einen Job und ein bezahlbares Zimmer. Irgendwo. Mit 18 kannst du das jeder Zeit machen."

„Ja, das mit dem Job hat mir Aslan auch schon geraten. Weil meine Eltern das Studium nicht bezahlen wollen. Vielleicht auch nicht können. Das weiß ich nicht so genau."

„Du kannst doch BAföG beantragen."

„Ja, das hat Aslan auch gesagt. Aber dann müssen meine Eltern Auskunft über ihr Einkommen geben."

„Ja, und - -?" Lena versteht nicht.

„Und wenn sie sich weigern …?"

„Ach so. Keine Auskunft, kein BAföG. Ich verstehe. Ja, dann hat Aslan Recht. Dann wirst du dir einen Job neben dem Studium suchen müssen. Aber ich glaube, Studentenjobs sind problemlos zu finden. Sind ja keine Festanstellungen. Zur Not könntest du auch einen Studienkredit beantragen. Den musst du zwar zurückzahlen, wenn du fertig bist. Aber erst einmal kommst du damit über die Runden."

Schweigen. Eine ganze Weile lang. Dann sagt Mascha: „Das ganze Theater nervt mich total. Ich kann dir gar nicht sagen, wie!"

Lena stand auf. Ging zur Freundin rüber. Hockte sich neben den Sessel, in dem Mascha saß. Nahm sie in den Arm. „Ich versteh dich gut, Mascha. Aber konzentrier dich doch jetzt erst mal aufs Abi. Ist doch nicht mehr lange bis zu den ersten Klausuren. Wenn wir dann alles hinter uns haben, sehen wir weiter."

22

Es war dann doch Nikolaj, der zuerst entdeckte, dass Viktor wieder zu Hause war. Am Nachmittag. Als er nach Hause kam. Kurz nach halb vier. Seltsam niedergeschlagen. Er schien es ganz normal zu finden, ihn, Viktor zu sehen. So mit eigenen Gedanken beschäftigt war er.

Aber irgendwann dämmerte es ihm. Immer noch etwas zerstreut, sagt er: „Ach ja, hi Viktor! Wieder da?" Fragte aber nicht, wo warst du? Kein Kommentar. Nichts. Warf sich auf sein Bett. Schwieg.

Erst als Mascha im Jungenzimmer etwas suchen wollte, erfuhr auch der Rest der Familie, dass Viktor wieder da war.

Mit einem Aufschrei wollte Valentina ins Jungenzimmer stürzen. Aber ihr Mann hielt sie zurück.

„Bleib hier, Valja!" Und zu Mascha gewandt: „Er soll herkommen! Sofort!"

Gennadij saß im Wohnzimmer. In einem der geblümten Sessel. Bemühte sich um Fassung. Wartete. Im Sessel neben ihm saß Valentina. Wartete.

Nach einer Weile kam Viktor mit hängenden Schultern. Zeigte demonstrativ Reue. Zu demonstrativ.

„Was fällt dir ein?! Deine Mutter in Angst und Schrecken zu versetzen! Die ganze Familie in Aufregung!" Gennadij ist außer sich. „Die Polizei haben wir eingeschaltet. Schon wieder die Polizei am Hals! Deinetwegen. Wo bist du gewesen?"

„Bei 'nem Kumpel."

„Was für einem Kumpel?"

„Aus der Schule.“

„Wie heißt er? Wo wohnt er?“

„Keine Ahnung. Ist nicht in meiner Klasse.“

„Du kennst seinen Namen nicht?“

„Nee, weiß nur seinen Vornamen. Manuel. Aber nich‘, wie weiter.“

„Das ist ja nicht zu fassen! Zwei Tage und zwei Nächte bist du bei einem Kumpel und weißt nicht, wie er heißt?! Ich werde das rauskriegen. Verlass dich drauf! Ich werde in deiner Schule nachfragen. Ich werde zu seinen Eltern gehen. Die scheinen sich ja nicht um ihren Sohn zu kümmern. Haben die nichts dazu gesagt, dass ihr Sohn mit einem Freund einfach die Schule schwänzt?“

„Es waren noch andre da. Und Eltern hab ich da keine gesehn.“

„Was für andere?“

„Na, Kumpel eben. Aus der Clique.“

„Was für eine Clique?“

„Na, hier aus dem Revier.“

„Und was habt ihr gemacht? Zwei Tage und zwei Nächte lang?“

„Nix. Gechillt.“

„Gechillt? Was ist das?“

„Abgehangen.“

„Abgehangen?"

„Na, gar nix eben. Wir haben nix gemacht. Nur einfach so zusammengesessen." Dass sie dabei einiges geschluckt und Gras geraucht hatten, ging den Vater nichts an. Und was sie sonst noch gemacht hatten, auch nicht.

Gennadij hatte angespannt im Sessel gesessen. Lehnte sich jetzt zurück. Also einfach so zusammengehockt hatten sie. Das war ja nun nicht so schlimm. Klar, sie hatten die Schule geschwänzt. Das hatte er in seiner Schulzeit auch einmal gemacht. War ja kein Verbrechen.

Er fühlte Valentinas strengen Blick auf sich. Schaute zu ihr rüber. Sah ihr hochrotes Gesicht. Wusste, was sie erwartete.

„Hör zu, Viktor! Du hast zwei Wochen Ausgehverbot. Darfst das Haus nur verlassen, um zur Schule zu gehen. Ich bin ja zu Hause, werde das kontrollieren. Wenn du dich nicht an das Verbot hältst, werde ich dich von der Schule abholen. - Und jetzt", wandte er sich an Valentina, „sag Mascha, sie soll bei der Polizei anrufen und sagen, dass Viktor wieder da ist."

23

Schwanger. Nikolaj lag auf seinem Bett. Starrte an die Decke. Das konnte doch nicht wahr sein. Dass er mit 16 oder vielleicht gerade 17 Vater wurde. Durfte nicht wahr sein. Irgendwie war er davon ausgegangen, dass Natascha ... Aber richtig drum gekümmert hatte er sich nicht. Eigentlich hätte er sich das denken können. Dass Natascha es nicht wagte, die Pille zu nehmen. So wie alle hier im Haus gestrickt waren. Ordnung, Disziplin, Moral! Und natürlich kein Sex vor der Ehe! Fast so schlimm wie bei den Türks.

Was nun? Er konnte sich das überhaupt nicht vorstellen. Ihn als Vater. Und Natascha, sein Mädchen, seine kleine Maus als Mutter. Ein Witz! Nein, kein Witz - eine Katastrophe. Sie waren doch beide noch so jung. Wollten etwas vom Leben haben. Raus gehen. Freunde treffen. Party machen. Sex haben. Aber ohne Folgen! Und auch Abi machen. Vielleicht sogar studieren. Das alles konnten sie sich abschminken. Wenn ein schreiendes Baby auf der Welt war.

Wie würde seine Familie auf die Mitteilung der Schwangerschaft reagieren? Valentina würde ausrasten. Total. Toben. Vor allem darüber, dass er mit „einer von ihnen" ohne Trauschein Sex gehabt hatte. In Kasachstan heirateten die jungen Leute ja deshalb so früh. Damit sie endlich legal miteinander in die Kiste steigen durften. Und der Vater? Der würde ihn wohl als Idioten beschimpfen. Weil er nicht aufgepasst hatte.

Für Nataschas Familie wäre ein Kind zu diesem Zeitpunkt sicher auch ein Drama. Nataschas Mutter war zwar nicht ganz so leicht aus der

Fassung zu bringen wie Valentina. Aber entsetzt wäre sie vermutlich auch. Jedenfalls erst mal.

Er musste Natascha fragen, wie weit die ganze Sache schon war. Vielleicht ließ sich noch was machen. Obwohl ... Er wusste gar nicht, ob sie das Kind behalten wollte. Darüber hatten sie gar nicht gesprochen. Möglich, dass sie sich auf das Baby freute. Und es ganz lustig fand. So früh Mutter zu werden. In Kasachstan ... Aber nein! So verzweifelt, wie sie ihn vorhin angeschaut hatte. Da war von Freude nichts zu spüren. Nur die nackte Angst.

Wenn sie das Kind auch nicht haben wollte – - Sie hatten im Park gar nicht weiter gesprochen. Nur geschwiegen. Waren dann irgendwann nach Hause gegangen. Jeder mit seinen Gedanken beschäftigt. Wenn sie es also auch nicht haben wollte, dann mussten sie einen Arzt finden. Der ihnen half. Auch ohne Unterschrift der Eltern. Die brauchten sie ja noch mit 16 oder 17. Und Geld brauchten sie auch. Woher sollten sie das nehmen? Bei dem schmalen Taschengeld, das sie jeden Monat von ihren Eltern bekamen. Er müsste arbeiten. Aber bis er das erste Geld verdiente, war es vielleicht schon zu spät.

Wie war das eigentlich? Wenn die Schwangerschaft abgebrochen wurde, war das dann Mord? Seine Mutter würde das garantiert so sehen. Aber musste sie das überhaupt erfahren? Es gab doch diese Beratungsstellen. Vielleicht konnten die ihnen helfen. Ihnen sagen, was sie tun sollten. Vielleicht hatten die auch 'nen Tipp. Wie man das den Eltern beibrachte. Oder vor ihnen geheim hielt.

Ach ja, und dann die Kumpel. Wenn die mitkriegten, dass er Vater wurde, würden sie brüllen. Brüllen vor Lachen. Weil er zu dämlich war, zum Spaß zu vögeln. Gleich einen Braten in den Ofen schieben musste.

Die Einzige, mit der er reden konnte, war Mascha. Die würde sie beide verstehen. Sie war ja in der selben Situation. Na ja, nicht in der selben. Schwanger war sie schließlich nicht. Aber sie war auch verliebt. Und hatte Probleme wegen ihrer Beziehung. Vor allem mit Valentina. Wie würde sie sich wohl entscheiden, wenn sie schwanger wäre. Ach Quatsch! Sie würde gar nicht schwanger werden. Sie war sicher schlau genug zu verhüten. Wahrscheinlich nahm sie die Pille. Sie war sowieso fein raus. Demnächst 18. Dann konnte sie tun und lassen, was sie wollte. Auch wenn Valentina meinte, sie müsste noch parieren. Im Ernstfall konnte Mascha einfach abhauen.

Wie würde das sein? Wenn Natascha das Kind behielt. Wo würde es aufwachsen? In seiner Familie oder in ihrer? Oder müssten sie womöglich gleich heiraten? O nein! Bloß das nicht! Er liebte Natascha. Sehr sogar. Aber er wollte doch nicht mit 17 verheiratet sein. Sie waren doch hier nicht in Kasachstan.

Man konnte ein Kind ja auch zur Adoption freigeben. Oder, wenn man es schaffte, die Schwangerschaft zu vertuschen, in so eine Babyklappe legen. Da erfuhr dann keiner, von wem das Baby stammte. Aber würde Natascha das wollen?

Mit einem Ruck richtete sich Nikolaj auf. Er musste unbedingt mit Natascha reden. Morgen in der Schule würde das nichts. Da gab es immer jemand, der die Ohren spitzte. Das fehlte noch – dass jemand mitkriegte, worum es ging!

Er zog sein Smartphone aus den Jeans und tippte auf den Eintrag „nat".

24

„Ach, Maria!", ruft die Deutschlehrerin Annika Lohmann Mascha nach. Die wollte gerade den Raum verlassen. War schon an der Tür. „Bleiben Sie bitte noch einen Moment. Ich möchte mit Ihnen sprechen."

Was will die Lohmann von ihr. Ist doch alles paletti bei ihr. Oder? Langsam kommt Mascha zurück. Halb erstaunt. Halb misstrauisch.

„Ich habe noch nicht alle Klausuren durchgesehen, aber Ihre war schon dabei. Sie haben das Thema ausgezeichnet bearbeitet. Sowohl inhaltlich als auch stilistisch. Sie sind sehr begabt, Maria. Ich wollte Sie deshalb fragen, ob Sie schon wissen, was Sie nach dem Abi machen wollen."

Mascha wurde rot. Seit Ewigkeiten hatte niemand sie gelobt. „Ja, ich - - eigentlich will ich studieren. Aber meine Eltern sind dagegen."

„Das ist schade. Warum wollen sie denn nicht, dass Sie studieren?"

„Sie halten das für rausgeschmissenes Geld. Weil Mädchen ja doch eines Tages heiraten. Aber ich will arbeiten, auch wenn ich verheiratet bin und Kinder habe."

„Was möchten Sie denn studieren?"

„Geschichte, Geographie und Philosophie"

„Oh, eine interessante Kombination. Haben Sie Vorstellungen, was Sie damit machen wollen."

„Nein, noch nicht genau. Vielleicht Schule, vielleicht Zeitung oder Verlag. Ich weiß noch nicht. Mal sehen, was sich ergibt."

„Ich kann Sie nur ermutigen, Maria. Setzen Sie sich durch! Es gibt einige Möglichkeiten, auch ohne die Mitwirkung der Eltern zu studieren. Wenn ich Ihnen helfen kann, lassen Sie es mich wissen!"

„Danke, Frau Lohmann. Kann ich jetzt gehen?"

„Nein, einen kleinen Moment noch!

Was kommt jetzt noch? Eigentlich will Mascha weg. Ist verarbredet. Mit Aslan.

„Ich bin Klassenlehrerin der 8a", beginnt Frau Lohmann.

„Ja, ich weiß." Mascha ist ungeduldig.

„Ihr Bruder Viktor …"

„Ja …"

„Was ist los mit ihm? Er ist dramatisch in seinen Leistungen abgerutscht. Und in letzter Zeit fehlt er häufig. Unentschuldigt. Gibt es eine Erklärung für diese Veränderung?"

Was soll Mascha darauf sagen? Soll sie von dem Unfall des Vaters erzählen. Oder die fragwürdige Clique als Erklärung anbieten?

„Nein, ich – dazu kann ich nichts sagen, Frau Lohmann. Ich weiß, dass er sehr schlecht in der Schule ist. Aber den Grund für seine schwachen Leistungen kenne ich nicht."

„Na gut. Ich werde deine Eltern zu einem Gespräch in die Schule bitten."

„Oh, das wird schwierig werden. Meine Eltern sprechen nicht sehr gut Deutsch."

„Na, dann wirst du mitkommen und dolmetschen." Auch das noch! „Du kannst deinen Eltern schon mal Bescheid sagen. Ich schicke ihnen aber noch eine schriftliche Einladung."

Mascha nickt heftig. Eifrig. Sie will weg. Endlich weg.

„Ja, Frau Lohmann, ich sag Bescheid. Kann ich jetzt gehen?"

„Ja, Maria, du kannst gehen."

25

Wie soll ich ihr das nur beibringen? Sie wird ausrasten, eine Riesenszene machen, natürlich wird es Tränen geben. Vielleicht beruhigt es sie ja ein bisschen, dass ich dann eine eigene Wohnung haben werde. Wir brauchen dann nicht mehr zu fürchten, dass jemand plötzlich in mein Zimmer stürmt. Aber – klar - weiter als der Weg von ihrem Block zu unserm ist es schon. Sie wird ein paar Stationen mit dem Bus fahren müssen. Allerdings geht es fast von Haus zu Haus. Keine großen zusätzlichen Fußwege.

Aslan lag in seinem Zimmer auf dem Bett. Sah aus wie Chillen. Aber von Chillen konnte keine Rede sein. Er musste entscheiden, wann und wie er Mascha die neueste Entwicklung beibringen sollte. Und das kostete seine ganze Konzentration.

Er liebte Mascha. Ja, er liebte sie wirklich. Aber manchmal war sie schwierig. Verzickt. Nahm übel. Einen Vorgeschmack von ihrer Reaktion hatte er ja schon bekommen. Als er die Umzugspläne seiner Eltern angedeutet hatte.

Seufzend erhob er sich. Es half nichts. Er musste es so schnell wie möglich hinter sich bringen.

Sein Smartphone meldete sich. Noch bevor er Maschas Nummer wählen konnte. Sein Freund Niklas.

„Hi, Aslan! Ich steh hier vor eurem Haus. Hast du das Klingeln nicht gehört?"

„Das Klingeln? Welches Klingeln?"

„Ich hab geklingelt. Hast du das nicht gehört? Wir waren verabredet. Für die Seminararbeit."

„Ach ja - - hab ich völlig verpeilt. Hatte Stress. Hab ich noch. Aber ok. Komm rauf."

Ein neuer Versuch. Diesmal ohne Hindernisse. Aber auf Maschas Handy sprang sofort die Mailbox an.

„Mist!" Aslan ging zur Tür, um Niklas hereinzulassen. Das Handy immer noch am Ohr.

„Geh schon mal rein, du weißt ja, wo." Sagt er leise zu Niklas und wendet sich ab. Sprach dann eine Nachricht auf die Mailbox.

26

„Ist Ihr Sohn nicht zu Hause?" Die junge Kriminalhauptkommissarin Messerschmidt hatte den angebotenen Platz im Sessel angenommen. Setzte sich. Ihr älterer Kollege blieb stehen.

Gennadij saß auf dem Schlafsofa. Der Polizistin gegenüber. Valentina flatterte aufgeregt aus dem Zimmer. „Mascha! Mascha! Komm! Du musst dolmetschen!", schreit sie durch die Wohnung. Auf Russisch.

96

„Was ist los, Mama?", fragt Mascha. Auf Deutsch. Sie ist wütend. Valentina nervt. Stört sie beim Lesen.

„Die Polizei ist da! Du musst helfen!" Will sie flüstern. Aber es wird eher ein Zischen.

„Oh Mann, Mama! Wann lernt ihr endlich mal vernünftig Deutsch zu sprechen?" Widerwillig erhob sich Mascha. „Was macht ihr denn, wenn wir alle aus dem Haus sind?"

„Es ist jetzt keine Zeit zum Streiten! Du musst kommen und mit den Polizisten reden. Es geht um Viktor. Wo ist der überhaupt?"

„Keine Ahnung. Wenn er nicht im Jungenzimmer ist, ist er wohl weg."

„Weg! Weg! Immer ist er weg! Hatte Papa ihm nicht verboten, das Haus zu verlassen?"

„Das geht Ihm total am A..." Noch gerade rechtzeitig fiel Mascha ein, dass so ein Wort hier nicht geduldet wurde. „Das kümmert ihn nicht, da lacht er drüber."

Valentina hätte gern noch etwas erwidert. Aber jetzt standen sie schon im Wohnzimmer.

„Meine Tochter Marija", stellt Gennadij vor. Und zu Mascha: „Komm, setz dich!"

Die junge Polizistin wendet sich an Mascha. „Und Sie können besser Deutsch sprechen?"

„Ich denke schon."

„Ich habe ein paar Fragen – eigentlich an Ihren Bruder Viktor, aber der ist offenbar nicht zu Hause."

„Ja, sieht ganz so aus."

Die Polizistin schaute irritiert von ihren Unterlagen hoch. Mascha direkt in die Augen. „Was meinen Sie damit?"

Oh, ganz schön hübsch, die Dame. Dachte Mascha. Und auch noch sehr jung. Die muss erst noch beweisen, dass sie was kann. Als attraktive Frau hat sie's sicher nicht leicht. In so einer Männertruppe.

„Ich meine, es sieht so aus, als ob er nicht zu Hause ist", beantwortet Mascha jetzt die Frage.

Ein bisschen schnippisch, die junge Dame. Dachte die Polizistin. Und geradezu eine Schönheit. Wahrscheinlich kann sie sich vor Verehrern nicht retten. Einwandfrei Deutsch sprechen kann sie auch. Im Gegensatz zu ihren Eltern.

„Ich möchte wissen, in welchen Kreisen Ihr Bruder verkehrt. Wer sind seine Kumpel? Klassenkameraden? Oder Jungen hier aus dem Hochhaus?", beginnt die Polizistin.

Na, das werd' ich dir gerade auf die Nase binden. Dachte Mascha. „Nein, dazu kann ich zu meinem größten Bedauern überhaupt keine Aussage machen." Maschas Stimme ist süß wie Honig. „Wissen Sie, Frau Kommissarin, mein Bruder ist vier Jahre jünger als ich. Da liegen Welten dazwischen. Ich kümmere mich nicht um das, was er macht, und er kümmert sich nicht um das, was ich mache."

Macht sie das absichtlich, sich so gestelzt auszudrücken? Fragte sich die Polizistin. Um mich zu ärgern? Das wird sie nicht schaffen.

„Ist Ihr Bruder in der Nacht von Dienstag auf Mittwoch zu Hause gewesen? Wissen Sie das zufällig?"

Was soll denn diese Frage? Will sie mich verscheißern? Fragte sich Mascha. Die muss doch wissen, dass er nicht zu Hause war. Wir haben Viktor doch als vermisst gemeldet. Will sie mir eine Falle stellen?

„Ich denke, Sie wissen, dass er nicht zu Hause war." Sagte Mascha. Knapp und um Gelassenheit bemüht. In Wirklichkeit platzte sie vor Wut.

Clever, die Kleine. Dachte die Polizistin. Fällt nicht auf meine Frage rein und behauptet, ihr Bruder sei zu Hause gewesen. „Ja, richtig. Sie hatten ihn ja als vermisst gemeldet. Aber vielleicht haben Sie ja eine Idee, wo er sich in jener Nacht aufgehalten haben könnte."

„Wie ich Ihnen bereits sagte, ich kümmere mich nicht um das, was mein Bruder macht. Im Übrigen – wenn ich, wenn wir gewusst hätten, wo er ist, hätten wir wohl kaum die Polizei eingeschaltet."

Ein Punkt für logisches Denken! Dachte die Polizistin. Hier komme ich nicht weiter. „Na gut", sagt sie und erhebt sich, „wenn Ihr Bruder wieder auftaucht, melden Sie sich bitte bei mir. Ihr Vater hat meine Karte. Ihr Bruder muss dann mit Ihrem Vater zur Vernehmung zu uns aufs Präsidium kommen. Und am besten kommen Sie gleich mit."

27

Wie soll ich ihr das nur beibringen? Fragte sich auch Nikolaj. Meinte aber nicht Mascha, sondern Valentina. Es ging auch nicht um etwas vergleichsweise Harmloses wie einen Umzug. Sondern um ein Baby. Das Baby einer zum Zeitpunkt der Geburt 17jährigen Mutter. Und eines 17jährigen Vaters.

Aber das Gespräch mit Valentina konnte noch warten. Erst mal mit Mascha reden. Die würde weder in Tränen ausbrechen. Noch Schreikrämpfe kriegen. Noch einen Tobsuchtsanfall produzieren. Mit ihr konnte man in Ruhe über die Situation sprechen.

Die Tür zu Maschas Kammer war nur angelehnt. Nikolaj drückte sie vorsichtig auf. Mascha lag auf dem Bett. Las. Als er im Türrahmen stand, blickte sie auf. Fragend.

„Hast du mal 'nen Moment Zeit für mich?" Die Stimme zittert leicht.

„Ja." Mascha richtete sich auf. „Was gibt's?" Kündigte sich da Unangenehmes an?

Nikolaj setzte sich auf den einzigen Stuhl im Raum. Schaute seine Schwester eine Weile stumm an.

„Ich – wir - - es ist etwas passiert." Beginnt er.

„Mit Vitja?"

„Nein, nicht mit Vitja. Mit mir und Natascha."

Mascha atmete tief durch. Lächelte. „Und was ist mit euch beiden passiert?"

Nikolaj schwieg. Starrte auf den grauen Teppichboden. Atmete schwer. Dass es ihm schon bei Mascha so schwer fallen würde, hatte er nicht gedacht.

„Wenn du mit mir sprechen willst", - leichte Ungeduld in Maschas Stimme -, dann musst du mir schon sagen, worum es geht, Kolja."

„Ja, ja, schon klar!" Nikolaj gab sich einen Ruck. „Die Sache ist die: Natascha erwartet ein Baby."

Stille. Absolute Stille. Eine halbe Minute lang.

„Ich geh mal davon aus, dass das Baby von dir ist", ist das Erste, was Mascha von sich gibt. Dann, nach einer Weile: „Wie weit ist sie?"

„Im dritten Monat."

„Also, theoretisch könnte sie gerade noch …"

„Nein, nein", unterbricht Nikolaj, „das will sie nicht. Wir haben darüber gesprochen. Das kommt für sie nicht in Frage."

„Dann wäre das schon mal geklärt." Ist Maschas trockene Antwort.

„Ja, aber wie soll es weitergehen? Wie sollen wir es den Eltern beibringen? Mama wird ausflippen. Und was wird mit der Schule? Wo soll das Kind bleiben? Bei ihr? Oder bei uns?" Plötzlich sprudelt es nur so aus Nikolaj heraus.

„Jetzt komm mal runter, Kolja! Ja, es ist schon Mist – so früh ein Kind. Konntet ihr nicht aufpassen?! Aber eine Katastrophe ist es nun auch nicht. Es lässt sich alles lösen. Wo das Kind aufwachsen soll, das hat Zeit. Das kann geklärt werden, wenn es da ist. Und natürlich geht ihr weiter in die Schule. Schließlich gibt es zwei Großmütter, die vormittags zu Hause sind. Außerdem gibt es Krippen. Das größte Problem im Moment dürfte sein – wie sag ich's meinen Eltern."

„Ja, ich hab unheimlich Schiss davor! Mama wird 'nen Schreikrampf kriegen. Vielleicht geht sie sogar auf mich los. Und Papa wird mich fragen, ob ich zu blöd bin zum - - na, du weißt schon. Kannst du nicht mit mir kommen?"

„Kann ich machen. Aber versprich dir nicht allzu viel davon. Mach dich trotzdem auf was gefasst. Es wird in jedem Fall einen mittleren Vulkanausbruch geben. Jedenfalls bei Mama. - Was meinst du, wie wird Nataschas Familie reagieren?"

„Ich weiß nicht. Ihre Mutter ist nicht so verbissen wie Mama. Aber wie sie reagiert, wenn ihre Tochter mit 17 ein Kind bekommt … Keine Ahnung."

„Also hat Natascha noch nicht mit ihrer Mutter gesprochen?"

„Nein. Wir wollten noch warten. Und ich wollte erst mit dir reden."

„Ok. Aber allzu lange solltet ihr nicht warten. Nicht bis der Bauch nicht mehr zu übersehen ist."

„Nee, natürlich nicht. Was meinst du – wann sollen wir uns in den Ring werfen?"

„Nicht wir, du wirfst dich in den Ring, Kolja. Ich begleite dich nur. Du weißt, mein Problem – vor allem mit Mama – liegt auf einem ganz anderen Acker. Aber um auf deine Frage zu antworten: Erst einmal sollte Natascha mit ihrer Familie sprechen. Du kennst Mama. Sie wird sofort zu Nataschas Mutter rennen und ein Riesentheater veranstalten. Und wenn Olga nicht weiß, was Sache ist, dann gibt's Chaos. Sprich mit Natascha und verabredet, wann sie es ihrer Mutter sagt. Dann werden wir – das heißt: du - auch aktiv."

28

„Ej, lass mich jetzt nicht hängen, Kumpel!" Viktor ist erregt.

Kostja „King" räkelte sich genüsslich. In einem altersschwachen, ausladenden Ledersessel. Der stand in der Halle eines verlassenen

103

Fabrikgeländes. In trauter Gesellschaft mit anderem ramponierten Mobiliar.

„Erst mal bin ich nicht dein Kumpel." Kostja schlug ein Bein übers andere. Musterte den aufgebrachten Vierzehnjährigen träge. Mit verhangenem Blick. „Und dann - ich lass dich nicht hängen. Wieso soll ich dich hängen lassen?" Die Stimme ein leiser, sanfter Singsang. „Jeder ist für sich selbst verantwortlich. Das weißt du doch. Ist unsere Devise. Quatschen ist verboten. Keiner quatscht. Und wenn keiner quatscht – was soll sein? Dann bekommen die Bullen auch nichts raus." Der Blick ruhte weiter herausfordernd lässig auf Viktor.

Der atmete tief durch. War aber nur halb überzeugt. „Und wenn doch einer quatscht?"

„Dann gehört er nicht mehr zu uns."

„Da hab ich gar nix von!", braust Viktor auf. „Dann stehen die Bullen bei uns vor der Tür. Und was mach ich dann?"

„Dein Problem." Noch blieb Kostja „King" ruhig. Aber die Geduld begann zu schmelzen.

„Nee, nich' nur meins!" Viktor steht kurz vor dem Ausraster. „Dann muss ich nämlich auch quatschen. Um mich zu retten."

Kostja „King" veränderte seine Position im Sessel. Saß jetzt aufrecht. „Du weißt, jeder, der nicht mehr zu uns gehört, lebt gefährlich."

„Willste mir drohen?"

„Wieso drohen? Ich erinnere nur an unsere interne Verfassung. Die hast du doch akzeptiert. Oder?"

„Ja, aber da hatten wir die Bullen noch nich' am Hacken."

„Tja, Verfassung ist Verfassung. Die gilt in guten wie in schlechten Tagen." Kostja „King" musste lachen. Fand diesen Spruch gut. Passte nicht nur fürs Heiraten.

„Und was soll ich jetzt machen? Was soll ich den Bullen sagen? Wenn die bei uns erscheinen, flippen meine Eltern aus."

Kostja „King" fiel wieder zurück in die Räkelposition. „Dein Problem. Hauptsache, du hältst die Klappe."

„Aber ich muss doch irgendwas sagen. Die glauben mir doch nich', dass ich von nichts 'ne Ahnung habe."

„Du musst gar nichts. Was wollen die machen, wenn du den Mund nicht aufmachst? Es aus dir rausprügeln?" - „Und außerdem", setzt er noch nach, „vergiss nicht: Du bist reich entlohnt worden für deinen Dienst!"

„Aber ich hab doch nur Schmiere gestanden. Wenn die Bullen euch fragen, könnt ihr doch sagen, ihr kennt mich gar nicht."

Der letzte Rest Geduld war aufgebraucht. Kostja „King" wird ungehalten. „Junge, du begreifst es immer noch nicht. Keiner von uns wird jemals irgendwas sagen. Also auch nicht, dass wir dich nicht kennen. Kapier das endlich! Und jetzt lass mich in Ruhe!"

„Aber - - -"

„Kein Aber!", brüllt Kostja „King". Vergessen seine gewählte Redeweise. Die er sich während eines einjährigen Aufenthalts an einem renommierten Gymnasium angeeignet hatte: „Verpiss dich endlich, du Scheißwichser! Was machste bei uns, wenn du so viel Schiss hast? Babys und Schisser gehören in den Sandkasten. Also, mach 'n Abgang und lass dich nie wieder hier blicken, feiges Arschloch!"

Das war zu viel für Viktor. Tränen schossen ihm in die Augen. Aber die sollte niemand sehen. Kostja „King" schon gar nicht. Trotzig wandte er sich ab. Verließ die Möbeldeponie. Ließ das traurige Fabrikgelände, rostiges Stahlgerippe, narbiges Mauerwerk, blätternde Farbe, hinter sich. Machte sich auf den Weg. Nach Hause.

29

„Wie war's?" Nikolaj war ein wenig außer Atem. Wie nach einem Lauf. Wieder die geheime Bank. Im Park. Da saß er mit Natascha.

„Ging so", sagt Natascha. „Nicht so schlimm, wie ich dachte. Mama hat sogar zuerst gelacht. Aber ich glaube, das waren die Nerven. Danach war sie

106

ziemlich - - - nicht direkt deprimiert, aber - - na ja, ernst eben. Am Anfang hat sie gar nichts gesagt. Aber dann hat sie mich ganz ruhig gefragt, ob das Kind von dir ist. Und ob ich es haben will. Dann hat sie wieder eine ganze Weile gar nichts gesagt. Abwechselnd mich und Papa angeguckt. Der hat übrigens die ganze Zeit überhaupt nichts gesagt. Nur so vor sich hingestarrt. Aber der sagt ja sowieso nie was. Schließlich ist Mama aufgestanden. Hat gesagt, dass sie das alles erst mal verdauen muss. Und dass wir morgen, also heute weiter sprechen. Und dann war sie weg. Im Bett."

„Was meinst du, wird sie heute ausrasten?"

„Nein, heute früh, vor der Schule, war sie wie immer. Aber sicher wird sie mich nachher fragen, warum wir nicht aufgepasst haben. Und sie wird mir haarklein verklickern, welche Probleme wir haben werden."

„Hat sie gestern noch gesagt, wo das Baby bleiben soll? Bei euch oder bei uns?"

Natascha war irritiert. Fast ein bisschen empört. „Na, bei uns natürlich. Ich bin die Mutter."

„Und ich der Vater!"

„Ja, schon. Aber - -"

„Du willst doch auch die Schule zu Ende machen, oder?"

„Klar will ich das. Ich will auch noch studieren. Ich will Tierärztin werden. Das weißt du doch."

107

„Also - dann muss jemand das Kind vormittags versorgen. Deine Mutter arbeitet am Nachmittag, meine noch halb in der Nacht. Beide sind am Vormittag zu Hause. Sie könnten sich abwechselnd um ihr Enkelkind kümmern. Also könnte es mal bei euch und mal bei uns sein. Zumindest im ersten Jahr. Danach könnten wir eine Krippe suchen. Für tagsüber. Und nachts? Ja, in der ersten Zeit ist es wohl wirklich besser bei dir. Wegen Stillen und so."

„Wickeln und Füttern kannst auch du mal übernehmen. Nicht, dass alles an mir hängen bleibt, und du machst dir 'nen schönen Tag."

„Was bist du gleich so aggressiv, Taschenka? Ist doch klar, dass ich mich auch um unser Kind kümmere. Warum denkst du, dass alles an dir hängen bleibt?"

„Weil das immer so war und immer noch ist. Bei uns jedenfalls. Mein Vater rührt keinen Finger, um Mama mal zu helfen. Alles muss sie allein machen. Den ganzen Haushalt. Und alles andere. Obwohl sie auch arbeitet. Sicher ist das bei euch genauso."

„Ja, schon. Aber das muss doch nicht bis in alle Ewigkeit so weiter gehen. Wir sind doch nicht mehr in Kasachstan."

„Das nicht. Aber unsere Väter und Mütter verhalten sich noch genau so, als ob wir dort wären. Und das stinkt mir gewaltig. Ich glaube, ich würde dich zum Teufel jagen, wenn du auch so wirst. Am Wochenende munter mit Kumpeln über die Dörfer ziehst und mich mit dem Kind allein sitzen lässt."

„Mann-o-Mann, Natascha, das Kind ist noch nicht geboren, und wir streiten schon, wer was tun soll, wer sich wie verhalten soll. Du redest sogar schon von Trennung."

„Tu ich nicht!"

„Doch! Du willst mich zum Teufel jagen, wenn ich nicht funktioniere."

„Von Funktionieren war nicht die Rede, Kolja. Ich will nur nicht, dass du dein freies Leben weiter führst und ich sitze mit dem Kind allein zu Hause."

„Das wird nicht passieren. Aber mal angenommen, es wäre so – dann würdest du dich, ohne mit der Wimper zu zucken, von mir trennen? Ohne zu versuchen, mit mir zu reden, mich zu überzeugen, dass ich mich ändern muss? Sag mal, liebst du mich überhaupt noch?"

„Was für eine Frage, Kolja!"

30

„Mama, Natascha ist schwanger."

„Ach, die arme Olga! Wie wird sie das aufnehmen? Ihr Kind bekommt ein Kind. Da hat sie eine Menge um die Ohren. Von wem ist denn das Kind? Ich dachte immer, *du* bist mit Natascha befreundet."

Nikolaj und Mascha sahen sich an. Valentina verstand nicht. Mascha nickte aufmunternd und Nikolaj holte Luft. Tief Luft.

„Das Kind ist von mir, Mama."

Valentina schreit nicht. Kreischt nicht. Bricht nicht in Tränen aus. Sagt gar nichts. Stand auf, ging aus dem Wohnzimmer in die Küche. Ließ sich auf einen Stuhl fallen. Stützte die Arme auf den Tisch. Und den Kopf in die Hände. Murmelte vor sich hin.

Im Wohnzimmer schauten sich Mascha und Nikolaj an. Waren verwirrt. Sie verstanden überhaupt nichts. Mit allem hatten sie gerechnet. Mit Wutausbruch. Mit Schreikrampf. Mit Tränenflüssen. Aber nicht mit so einer Reaktion. Was hatte das zu bedeuten? Was sollten sie davon halten?

„Komm!", sagt schließlich Mascha. „Wir müssen nach ihr sehen."

An der offenen Küchentür blieben sie stehen. Sahen Valentina am Küchentisch sitzen. Hörten ihr Gemurmel. Mascha nickte Nikolaj zu. Zögernd gingen sie zum Tisch und setzten sich zur Mutter. Schweigend. Abwartend.

Nach einer Weile hob Valentina den Kopf. Sah ihre Kinder an. Durch sie hindurch. Sprach leise.

„Wären wir doch nie in dieses Land gekommen. Wenn ich gewusst hätte, wie das Leben hier ist … Ich hätte … Ich wäre … In Kasachstan wäre das nicht passiert."

110

Das ist zu viel für Nikolaj: „Niemand hat euch gezwungen, nach Deutschland zu gehen. Und uns Kinder habt ihr sowieso nicht gefragt, ob wir mitgehen wollen. Weg von der Heimat. Weg von unseren Freunden. Ihr habt einfach über unsere Köpfe hinweg entschieden. Es war euch scheißegal, wie es uns dabei geht. Wie wir in der fremden Umgebung zurechtkommen. Fremde Sprache, fremde Schule, fremde Menschen."

„Muss das jetzt sein?", fragt Mascha leise.

„Ja, es muss endlich mal gesagt werden. Weißt du noch, wie beschissen wir uns gefühlt haben in diesem Land? In der ersten Zeit. Monate ist das gegangen. Vielleicht auch ein Jahr. Oder hast du das vergessen? Ich jedenfalls hab nichts vergessen."

Valentina schien nichts zu hören. Schien in ihrer eigenen Welt gefangen. Zählte leise für sich auf:

„Mascha mit einem Türken, Vitja ein Verbrecher und nun auch Kolja. Hat rumgehurt mit seiner Freundin. Wird Vater. Mit - - - ja, dann wohl mit 17. Selbst noch Kind … Und dieses Mädchen – Natascha. Auch noch ein Kind. Ich hab gedacht, sie ist anständig."

„Anständig!", braust Nikolaj auf. „Anständig! Was habt ihr denn für Vorstellungen?! Von übergestern! In diesem Land ist es kein Verbrechen, wenn junge Leute miteinander schlafen, auch wenn sie nicht verheiratet sind. Natascha und ich – wir lieben uns. Aber wir hätten besser aufpassen sollen. Ein Kind macht alles komplizierter."

111

Plötzlich ist wieder Leben in Valentina. „Ihr werdet heiraten!". Sagt sie entschieden.

Mascha und Nikolaj sahen sie entsetzt an. Nikolaj protestiert: „Nein, Mama, ich werde nicht heiraten. Ich werde nicht mit 16 heiraten. Selbst wenn beide Eltern ihre Zustimmung geben."

„Ihr werdet heiraten!", wiederholt Valentina energisch. „Nur so kann die Schande wieder gutgemacht werden. Und der Bastard ordentlich geboren werden. Ich dulde kein uneheliches Kind in meiner Familie!"

Bastard. So ein Wort habe ich noch nie von ihr gehört. Dachte Mascha. Sie spricht nur Russisch, aber auch auf Russisch hat sie das Wort „bastard" nie benutzt.

„Mein Gott, Mama!", mischt Mascha sich jetzt ein. „Du kannst doch nicht wollen, dass dein Sohn mit 16 heiratet. Und sich sein ganzes Leben verbaut. Wer weiß, ob er und Natascha in zwei oder meinetwegen auch fünf Jahren noch zusammen sein wollen. Sie sind noch so jung. Da kann noch so viel passieren."

Aber Valentina fährt unbeirrt fort. „Daran hätten sie vorher denken sollen." Erkundigt sich dann: „Ist schon was zu sehen?" Und als Nikolaj den Kopf schüttelt: „Umso besser. Dann kann es so aussehen, als ob ihr erst nach der Hochzeit … Ich werde heute Abend zu Olga runtergehen und alles mit ihr besprechen. Sie weiß es doch sicher."

Nikolaj nickte. Fühlte sich überrollt. Wie zugedröhnt. Eigentlich müsste er jetzt aufstehen. Mit der Mutter streiten. Auf Grenzen bestehen. Aber plötzlich war er unfähig, der Mutter die Stirn zu bieten. Musste jetzt erst mal sortieren.

31

„Ich muss mit dir reden, Mascha."

„Was gibt's? Du machst so ein ernstes Gesicht."

„Es ist so – wir werden - - Aslan gab sich einen Ruck. „Meine Eltern haben ein Haus gefunden. Wir werden demnächst umziehen." Jetzt ist es heraus. Zum Glück!

Mascha sah den Freund an. Die Augen weit aufgerissen. „Das ist nicht dein Ernst!"

„Doch. Hör zu, meine Süße -"

„Nenn mich nicht deine Süße!" Faucht Mascha. Sie hatte neben Aslan auf dem Bett in seinem Zimmer gesessen. Jetzt sprang sie auf. Wollte aus dem Zimmer stürmen.

Aslan hatte mit etwas in dieser Art gerechnet. Mit einem gewaltigen Satz war er noch vor Mascha an der Tür. Hielt sie zurück.

„Beruhige dich, mein Schatz! Lass es dir erklären! Es hat für uns ein paar entscheidende Vorteile."

Mascha schüttelte den Kopf. Wollte nichts hören. In ihren Ohren dröhnte es: Wir werden demnächst umziehen. Immer wieder: Wir werden demnächst umziehen.

Sanft zog Aslan sie zurück aufs Bett. Sie setzte sich neben ihn. Immer noch widerstrebend.

„Das Haus ist nicht weit von hier. Nur ein paar Busstationen. Fast von Tür zu Tür -"

„Und wie -" will Mascha ihn unterbrechen.

Aber Aslan redet weiter: „Das Haus hat drei große Wohnungen. Eine davon wird meine sein. Niemand wird uns dort stören. So wie hier, wo wir immer fürchten müssen, dass Aktan oder Aysel plötzlich reinstürmen. Wir sind dort ganz für uns. Und nach dem Abi oder schon wenn du 18 bist, kannst du bei mir einziehen. Ist das nicht 'ne tolle Perspektive?"

Mascha schwieg. In ihrem Kopf das reinste Chaos. Pro und Contra. Contra und Pro.

„Und was sagen deine Eltern dazu? Ich meine, wenn ich bei dir einziehe?"

„Die mögen dich. Das weißt du doch. Sie wissen, dass ich dich liebe. Ich habe schon mit ihnen gesprochen. Sie finden es gut, wenn endlich klare Verhältnisse herrschen."

„Wieso klare Verhältnisse?"

„Na, sie wissen, dass du jedes Mal heimlich zu uns kommst. Dass deine Eltern das nicht wollen."

„Hast du mit ihnen darüber gesprochen?"

„Ja. Hätte ich das nicht gedurft?"

„Doch. Aber es ist ein bisschen peinlich für mich."

„Dir muss das nicht peinlich sein. Deinen Eltern müsste es peinlich sein. Dass sie was gegen Türken haben."

„Und wann ist es so weit? Wann zieht ihr um?"

„Zwei Monate wird es wohl noch dauern. Es muss noch renoviert werden. Möbel müssen gekauft werden. Für meine Wohnung. Und für die Zimmer von Aktan und Aysel.

„Dann bleibt uns also noch ein bisschen Zeit. Und in zwei Monaten – da ist es nicht mehr lang bis zu meinem 18. Geburtstag. Ich muss inzwischen überlegen."

„Was musst du überlegen?"

„Wie ich meinen Eltern meinen Auszug verklicker."

32

„Was kannst du mir über euren Einbruch in den Elektronik-Markt sagen?"

Sie saßen sich gegenüber. Hinter dem Schreibtisch der Beamte. Vor dem Schreibtisch Viktor. Neben ihm Gennadij und Mascha.

„Ich weiß nicht, wovon Sie reden." Sagt Viktor. Rutschte unruhig auf seinem Stuhl herum. Klappe halten. Dicht halten. Aber gar nichts sagen, geht nicht. Wenn der Bulle da vor ihm was fragt, muss er doch irgendwie reagieren. Kann nicht stumm bleiben. Einfach dumm muss er sich stellen. Muss so tun, als ob er von nix 'ne Ahnung hat.

„So, da ist dein Freund Peter aber anderer Meinung."

„Ich kenn keinen Peter." Meint er etwa Piotr? Hat der etwa gequatscht?

„Der scheint aber dich zu kennen. Peter Hafermann hat bereits gestanden und uns erzählt, wer alles bei dem Einbruch dabei war. Deinen Namen hat er auch genannt. Wie hätten wir sonst auf dich kommen können?"

Scheiße! Ich hab's gewusst. Einer wird singen. Und uns alle reinreiten. Aber dann geht's auch Kostja „King" an den Kragen.

„Ich weiß trotzdem nicht, was Sie meinen. Dann hat Ihr Pit oder Peter oder wie er heißt eben gelogen. Wenn Sie den Piotr Hafermann meinen, der geht auf meine Schule. Ich kenn ihn flüchtig. Wahrscheinlich hat er meinen Namen genannt, um von sich abzulenken. Ist ihm wohl kein anderer eingefallen."

„Hör zu, Viktor, erzähl hier keine Märchen. Peter Hafermann hat eine ganze Reihe von Namen genannt. Nicht nur deinen. Und wie es aussieht, bestätigt sich nach und nach die Richtigkeit seiner Aussage. Also, erleichtere dein Gewissen."

„Sag diesem Polizisten, dass Vitja nichts mit der Sache zu tun hat." Sagt Gennadij zu Mascha. Auf Russisch.

„Wie kann ich das, Papa?" Mascha ist ungehalten. Spricht auch Russisch. „Die haben anscheinend Beweise, weil einer aus der Clique gequatscht hat."

„Sag, dass er zu Hause war."

„Hast du vergessen, dass wir die Polizei verständigt haben, weil er <u>nicht</u> zu Hause war?"

„Dann lass dir was einfallen!"

„Hören Sie!" Mascha ergreift das Wort. „Es mag ja sein, dass mein Bruder mit seinen Kumpeln zusammen war. Aber wer sagt denn, dass er an der Straftat beteiligt war, von der Sie sprechen?"

Oha, die kann ja richtig gut Deutsch. Im Gegensatz zum Vater. Dachte der Beamte.

„Der besagte Peter Hafermann hat ausgesagt, dass alle, deren Namen er genannt hat, Ware aus dem Elektronik-Markt herausgetragen hätten."

„Das stimmt überhaupt nicht. Ich hab doch nur ..." Erschrocken brach Viktor ab. Scheiße! Jetzt hab ich mich doch verquatscht! Was musste dieser blöde Piotr auch singen!

117

„Ja - -?" Sagt der Beamte. Ganz ruhig. Lehnte sich zurück in seinem Drehsessel. Kostete die Situation aus. „Was hast du nur?"

Den Kopf kriegt er jetzt nicht mehr aus der Schlinge. Selber schuld. Selber die Schlinge um den Hals gelegt. Er hat keine Wahl.

„Ich hab nur - - nur - - Schmiere gestanden. War gar nicht in dem Teil drin. Hab gar nichts genommen. Und auch nichts bekommen. Die haben uns nichts abgegeben. Alles unter sich aufgeteilt."

„Wer ist uns?"

Viktor verstand nicht. Der Beamte erklärt: „Du hast gesagt: 'Die haben uns nichts abgegeben.' Wer ist mit 'uns' gemeint?"

„Die Zwerge."

Jetzt versteht der Beamte nicht. „Die Zwerge?"

„Alle, die noch nicht 16 sind."

„Ah ja. Und wer sind 'die'?"

„Na, alle, die älter sind."

„Kannst du mir Namen nennen?"

Da kannst du lange drauf warten. Hab schon genug gezwitschert. Namen wirst du von mir nicht bekommen. Keinen einzigen. Viktor bockte.

„Nein!"

Der Beamte schaute Viktor an. Ruhig. Prüfend: „Kannst du nicht oder willst du nicht?"

Viktor schwieg. Der Beamte wartete. Aber von Viktor kam nichts.

„Nun gut!" Der Beamte wendet sich jetzt an Mascha. „Sie müssen damit rechnen, dass es ein Gerichtsverfahren geben wird. Der Elektronik-Markt hat Anzeige erstattet. Die Staatsanwaltschaft ermittelt sowieso. Ihr Bruder wird dann auch vor Gericht erscheinen müssen. Möglich, dass sich auch das Jugendamt bei Ihnen meldet. Das heißt, bei Ihren Eltern. Sie sollten auf Ihren Bruder einwirken, dass es klüger wäre, mit uns zusammenzuarbeiten, anstatt sich quer zu stellen. Sie können jetzt gehen."

33

„Gena, setz dich, wir müssen reden!"

Valentina saß bereits. Auf der Ausziehcouch. Bereit zum Angriff. Gena war gerade hereingekommen. Mit der Zeitung. Jetzt schaute er Valentina an. Irritiert. Leicht ungehalten. Was will sie jetzt schon wieder von ihm? Die Sitzung bei der Polizei vor ein paar Tagen hat wirklich gereicht. Und ihr Gezeter danach. Zu Hause.

Widerwillig nahm er Platz. Im großen Sessel Valentina gegenüber. „Was gibt's?

„Wir müssen über das Baby reden."

„Welches Baby?"

„Mein Gott, Gena, stell dich doch nicht so dumm! Nataschas Baby natürlich."

„Was haben wir mit Nataschas Baby zu schaffen?"

„Hast du vergessen, dass dein Sohn der Vater ist? Wir müssen etwas unternehmen. Sie müssen heiraten. Es darf kein uneheliches Kind geben. Auf keinen Fall!"

„Beruhige dich, Valja! Dass Kolja nicht aufgepasst hat, ist ärgerlich. Zu blöd zum … na, du weißt schon. Aber es muss ja kein Kind geben."

„Was soll das denn heißen? Was willst du damit sagen, Gena? Ich hoffe, du meinst nicht das, was ich jetzt denke."

„Ich vermute, wir denken beide dasselbe." Gennadij war immer noch tiefenentspannt. Ließ sich nicht aus der Ruhe bringen.

Valentina konnte es nicht fassen. Wollte es nicht fassen.

„Um Gottes Willen, Gena! Versündige dich nicht! Soll das Mädchen zur Mörderin werden?"

„Übertreib nicht, Valja. Ihr habt gesagt, sie ist im dritten Monat. Da ist ja noch nicht viel. Sicher ist auch noch nichts zu sehen. Also kann man noch was machen, ohne dass jemand was mitkriegt."

„Wie du redest, Gennadij! Dass du dich nicht schämst! Ich bin entsetzt. Würdest du auch so reden, wenn es deine Tochter wäre?"

„Ja, natürlich. Wenn dadurch unangenehme Folgen vermieden würden. Obwohl – Mascha ist schon älter. Aber Kolja und Natascha sind zu jung, um sich ihre Zukunft zu verbauen."

Valentina schüttelte den Kopf. Entschieden. Heftig. „Der Herr wird dich strafen, Gennadij. Für diese schlimmen Worte. Aber es wird nicht so gehen, wie du es dir vorstellst. Ich war bei Olga. Natascha will das Kind bekommen. Und sie unterstützt ihre Tochter."

„Wo ist dann das Problem? Ist doch anscheinend alles geklärt. Ich hätte zwar die andere Lösung besser gefunden. Aber es ist ihre Entscheidung. Die Entscheidung von Natascha, Olga und Vadim. Nicht unsere."

„Sie müssen heiraten. Noch bevor etwas zu sehen ist. Ich will keinen Skandal hier im Block."

„Bist du jetzt völlig von allen guten Geistern verlassen, Valja? Heiraten! Mit 16 heiraten! Was geht bloß in deinem Kopf vor?"

„Über ein uneheliches Kind werden sie sich hier das Maul zerreißen. Das ertrag ich nicht."

„Das Maul werden sie sich in jedem Fall zerreißen – ob verheiratet oder nicht. Das spielt keine Rolle. Was halten denn Olga und Vadim von einer Heirat?"

Valentina schwieg. Schaute auf ihre Hände. Die lagen ordentlich gefaltet im Schoß.

Gennadij sah forschend zu ihr hinüber. „Also sind die auch dagegen."

„Nicht direkt. Vadim ist dagegen. Olga - -"

„Was ist mit Olga?"

„Olga ist es egal. Wenn wir eine Hochzeit wollen, würde sie versuchen, Vadim zu überzeugen. Und sie würden dann beide unterschreiben."

„Unterschreiben? Was denn unterschreiben?"

„Wir müssen unsere Erlaubnis geben. Weil sie noch minderjährig sind."

„Von mir wird es keine Unterschrift geben und auch keine Erlaubnis." Gennadij war ungehalten. Valentinas Gejammer ging ihm gewaltig auf die Nerven.

„Aber Gena, was sollen wir denn jetzt machen? Willst du wirklich, dass dein Sohn Vater eines unehelichen Kindes ist?" Tapfer machte Valentina weiter. Auch gegen Gennadijs Ablehnung.

„Nichts werden wir machen. Wenn Natascha das Kind bekommen will, ist das jetzt Sache der Engels. Und nicht unsere. Dann ist es mir völlig egal, ob Kolja Vater eines ehelichen oder unehelichen Kindes ist. Ich hätte es besser gefunden, wenn - - na ja, das habe ich ja schon gesagt."

Sie saßen wieder einmal auf ihrer „Quatschbank".
Nataschas Kopf an Nikolajs Schulter. Sein Arm um
die Freundin gelegt.

„Mama ist wie besessen von der Idee, dass wir
heiraten. Papa hätte am liebsten kein Kind. Und
wie sieht das bei euch aus?"

„Papa sagt gar nichts. Wie immer. Ich weiß nicht
mal, was er überhaupt davon hält, dass ich ein
Kind erwarte. Mama hat gesagt, dass sie mir
helfen wird, wenn ich das Kind bekommen will.
Aber heiraten muss ich nicht. Im Gegenteil. Wir
sind viel zu jung, um zu heiraten, meint sie. Und
hier in Deutschland muss man nicht heiraten, wenn
man ein Kind erwartet. Wir sind doch nicht mehr in
Kasachstan, hat sie gesagt."

„Und was willst du?"

„Ich? Ich weiß nicht. Aber heiraten eigentlich nicht.
Willst du denn heiraten?"

„Nein, vergiss es! Natascha, ich liebe dich.
Wirklich. Das musst du mir glauben. Aber
heiraten? Nein, auf keinen Fall. Ich will nicht mit 16
verheiratet sein. Und du doch auch nicht. Alles
wäre verdorben. Es reicht, dass wir Vater und
Mutter werden. Da müssen wir nicht auch noch auf
spießiges Ehepaar mit Trauschein machen. Wenn
wir uns in ein paar Jahren immer noch lieben und
uns danach ist, können wir immer noch heiraten.
Aber nicht jetzt!"

Natascha schaute ihn entsetzt an. Tränen in den Augen. „Meinst du, in ein paar Jahren würden wir uns nicht mehr lieben?"

„Kann doch sein. Was weiß ich. Du kannst einen Super-Typ kennenlernen oder ich eine tolle Frau. Du weißt doch, nichts ist für ewig. Nicht einmal unser Leben in unserer Heimat war es!"

„Du bist gemein! Ich will keinen anderen Mann kennenlernen. Ich liebe nur dich. das wird immer so sein. Aber du, du denkst anscheinend schon an eine andere Frau. Die dir besser gefällt."

„Quatsch! Ich weiß nur, was im Leben so abgeht. Schau dir deine Eltern an und frag dich, ob die sich noch lieben. Meine tun's nicht. Davon bin ich überzeugt. Wenn's möglich wäre, würden sie lieber heute als morgen woanders was Neues anfangen und sich 'nen neuen Partner suchen. Ich will nicht, dass unsere Liebe durch so 'ne Zwangsjacke kaputtgemacht wird. Dass wir zusammen bleiben, nur weil es so 'n Papier gibt."

„Aber noch liebst du mich doch, Kolja? Ja?"

Nikolaj zog sie an sich: „Hab ich doch gesagt, kleine Maus."

35

„Wann zieht Aslans Familie um?" Erkundigt sich Lena.

„Anfang nächsten Monat." Mascha erschien gar nicht unglücklich. Räkelte sich in einem von Lenas kuscheligen Sesseln. Hatte die Beine lässig übereinander geschlagen. Und lachte.

„Das sagst du so entspannt -" Wundert sich Lena. „Gar nicht traurig?"

„Nein." Mascha strahlte.

„Was ist los mit dir, Kumpel? Rede!"

Mascha setzte sich aufrecht. Stellte beide Füße fest auf den Boden. Lachte immer noch.

„Ich werde zu ihm ziehen."

„Neinnn!" Lena konnte es nicht glauben.

„Doch! Es ist alles geregelt. Sie ziehen in ein Haus. Da gibt es drei Wohnungen und genug Zimmer. Und eins davon bekomme ich."

„Das ist ja super! Seine Eltern sind einverstanden?"

„Ja, sie haben es sogar vorgeschlagen, als Aslan von meinen Schwierigkeiten erzählt hat."

„Das sind ja tolle Leute. Und deine Eltern? Was sagen die dazu?"

„Die wissen das noch gar nicht. Klar, es wird 'n riesigen Wirbel geben. Aber schließlich kann ich demnächst machen, was ich will. Wenn ich 18 bin."

„Wann haust du ab?"

„Nach dem Abi. Das mache ich noch zu Hause. Danach bin ich weg. Tut mir zwar Leid für meine Brüder. Die müssen ja noch bleiben. Aber die werden das schon packen. Die paar Jahre. Außerdem haben sie sowieso viel mehr Freiheiten, als ich sie je gehabt habe. Mädchen dürfen bei uns gar nichts."

Lena widerspricht. „Na ja, verglichen mit manchen türkischen Mädchen hast du schon mehr Freiheiten. Kannst rausgehen, wann du willst. Auch ohne männliche Begleitung. Kannst anziehen, was du willst."

„Ja, schon. Aber vieles läuft bei uns doch anders, wie du weißt. Sie haben ganz konkrete Pläne für mich. Täglich liegen sie mir jetzt in den Ohren. Ich soll endlich Bewerbungen schreiben. Bank, Gericht oder Verwaltung. Irgendwas in dieser Art. Hauptsache sicher. Und dann soll ich möglichst bald heiraten. Und Kinder kriegen. Und zu Hause bleiben. Um Mann und Kinder zu versorgen."

„Aber deine Mutter arbeitet doch auch."

Mascha lacht kurz auf: „Ja. Aber das tut sie nur, weil wir das Geld brauchen. Wenn mein Vater mehr verdiente, würde sie zu Hause bleiben. Und was ist das denn für eine Arbeit?! Mitten in der Nacht Büros putzen. Sie hat nie was Richtiges gelernt und meint, Mädchen müssten das nicht. Sie würden ja als Frauen von ihren Männern versorgt. Wichtig ist für sie nur, dass ihre Jungs was lernen, möglichst Karriere machen und viel verdienen."

„Mein Gott, das ist ja finsteres Mittelalter! Ist dein Vater auch so krass drauf?"

„Nicht ganz so. Aber meistens ist er der Meinung meiner Mutter. Und wenn nicht, schafft sie es fast immer, ihn auf Spur zu bringen."

Lena schwieg. Schüttelte nur den Kopf.

„Außerdem -" Mascha legt noch nach. „Die Stimmung bei uns zu Hause ist im Moment 200 Grad unter Null! Vitja ist da in eine Clique reingeraten, die – na ja, ob das nun schon richtig Kriminelle sind, weiß ich nicht so genau – jedenfalls haben sie Straftaten begangen." Mascha schnaubte verächtlich. „Inzwischen ist die Polizei unser ständiger Begleiter! Entweder sie kommen zu uns oder wir müssen hin. Aufs Präsidium. Mama rennt in der Wohnung rum wie ein aufgeschrecktes Huhn. Schreit und klagt und weint. Und rastet bei jeder Kleinigkeit total aus."

„O Mann, da habt ihr's ja gemütlich. Meinst du, deine Mutter übertreibt? Oder ist es wirklich so schlimm?"

„Es ist schlimm. Ich bin ja immer dabei. Bei den Befragungen. Als Dolmetscherin. Wenn er da wirklich mitgemacht hat ... Er streitet alles ab. Ich hoffe, er sagt die Wahrheit."

36

Valentina war allein zu Hause, als es Sturm klingelte. Sie runzelte die Stirn. Schüttelte den Kopf. Seufzte tief. Eines ihrer Kinder hatte wohl früher Schulschluss. Und wieder mal den Schlüssel nicht dabei.

Vor der Tür stand nicht Kolja. Nicht Mascha. Und auch nicht Vitja. Fünf Uniformierte drängten in die Wohnung. Als Letzter erschien ein Mann in Zivil. Hielt Valentina ein bedrucktes Papier vor die Nase. In der anderen Hand einen Ausweis.

„Frau Keller, Guten Tag! Kriminalpolizei, Kommissar Sebald. Frau Keller, wir sind leider gezwungen, uns in Ihrer Wohnung umzuschauen. Hier ist der Durchsuchungsbeschluss."

Valentina verstand gar nichts. Mit weit aufgerissenen Augen starrte sie den Kriminalbeamten an. Während die übrigen Beamten sich in der Wohnung verteilten.

„Was – iist – ddas?" Stammelt sie. Sogar auf Deutsch.

„Frau Keller -" Beginnt der Kriminalbeamte zu erklären. „Ihr Sohn Viktor ist da in eine Sache verwickelt – na, Sie wissen ja, er war ja schon bei uns im Präsidium. Er hat bestritten, an der Sache beteiligt gewesen zu sein, aber inzwischen haben wir neue Erkenntnisse - - kurzum, wir müssen uns bei Ihnen umschauen. Wo ist bitte Viktors Zimmer?"

„Versteh nix." Valentina ist den Tränen nahe.

„Frau Keller, bitte! Wo ist das Zimmer von Viktor?"
Der Kommissar wird lauter.

„Warum? - Was ist -?"

„Frau Keller, ich habe es Ihnen erklärt. Wir müssen bei Ihnen suchen."

„Was – suchen?" Valentina begreift nicht. Was ging hier vor?

„Frau Keller, wo ist Viktors Zimmer?"

„Da." Valentina zeigte auf eine Tür.

Der Kommissar ging auf die Tür zu. Im Zimmer waren seine Leute schon zugange. Valentina blieb wie angewurzelt im Flur stehen. Schaute entsetzt dem Kommissar hinterher. Was wollten all die Leute in Viktors und Nikolajs Zimmer?

Da kamen sie auch schon raus. Hatten Gegenstände in den Händen.

„Frau Keller, wir haben im Zimmer ihres Sohnes unter dem Bett einige Sachen gefunden, die ihm wohl kaum gehören können. Drei Handys, ein Tablett und eine Festplatte."

„Viktor hat Handy." Valentina nickte heftig.

„Ja natürlich, Frau Keller. Alle haben heute ein Handy. Aber seins hat er wahrscheinlich bei sich und nicht unter dem Bett. Und was ist mit den anderen Sachen? Ihr Sohn wird wohl nicht insgesamt vier Handys besitzen, noch dazu drei nagelneue. Und ein Tablett. Und eine Festplatte. Wir müssen die Sachen mitnehmen und prüfen, ob

129

sie zu den Sachen aus dem Einbruch in den Elektronik-Markt gehören."

Ein junger Polizist kam aus dem Wohnzimmer. Wechselte kurz einen Blick mit seinem Vorgesetzten. Der ordnete an: „Die Sachen in den Plastiksack. Habt ihr im Wohnzimmer was gefunden?"

Als der junge Untergebene den Kopf schüttelte, wandte der Kommissar sich wieder an Valentina:

„Frau Keller, Sie können die ganze Aktion hier abkürzen und so das Chaos in Grenzen halten, wenn Sie uns sagen, ob noch irgendwo in der Wohnung etwas von Viktor versteckt wurde."

Valentina verstand nicht, was man von ihr wollte. Sie verstand überhaupt nichts.

„Ach, Chef!" Der junge Polizist winkte ab. „Das bringt doch nichts. Die versteht doch eh kein Deutsch." Sprachs's und verschwand im Wohnzimmer.

Ein anderer Beamter packte den Plastiksack mit den konfiszierten Gegenständen in einen Karton. Fassungslos, die Hände vor dem Gesicht, verfolgte Valentina die Geschäftigkeit um sie herum. Und das damit verbundene Durcheinander. Sie hatte nur einen Wunsch: dass alle diese Männer die Wohnung wieder verließen. So schnell wie möglich. Damit sie in einen Sessel sinken konnte. Und sortieren, was gerade geschah. Endlich!

Aber man ließ sie nicht. Der Kommissar wendet sich erneut an sie: „Wann kommt Ihr Sohn aus der Schule?"

Valentina zuckte zusammen. Hatte versucht, auch im Stehen zu sortieren. Langsam begriff sie. Man hatte ihr eine Frage gestellt. Verzweifelt versuchte sie sich zu konzentrieren. Was hatte dieser Polizist gefragt? Ach ja, wann Viktor aus der Schule kommen würde.

„Um zwei." Fast flüstert sie.

„Gut." Fährt der Kommissar fort. „Frau Keller, bitte stellen Sie sicher, dass Ihr Sohn danach nicht mehr das Haus verlässt. Ich muss mit ihm sprechen. Gegen drei Uhr werde ich wiederkommen. Haben Sie das verstanden?"

Valentina nickte. Ja, das hatte sie verstanden.

Kommissar Sebald rief seine Leute. „Noch was gefunden?"

„Nee, Chef. Das war's."

„Dann Abmarsch!" Mit einer Handbewegung scheuchte der Kommissar seine Truppe hinaus.

„Also dann, Frau Keller. Bis später."

131

37

Mascha hatte Nikolaj während der großen Pause auf dem Schulhof entdeckt. Lief auf ihn zu.

„Kolja, hast du Vitja gesehen?"

„Nein."

„Weißt du, wo er ist?"

„Nein. Ich fürchte, er ist gar nicht in der Schule."

„Du meinst – abgetaucht?"

Nikolaj zuckte die Schultern. „Möglich. Keine Ahnung."

„Mein Gott, in was ist er da bloß reingeraten. Immerzu haben wir es mit den Bullen zu tun. Kennst du die Clique, in der er unterwegs ist?"

„Nicht wirklich. Nur flüchtig. Vom Sehen. Ein paar sind hier auf der Schule. Aber die seh ich im Moment auch nicht."

„Und was sind das für Typen? Türken?"

„Nee. Der Anführer is' einer von uns. Möglich, dass auch 'n paar Türks dabei sind. Keine Ahnung. Die meisten sind aber von uns."

„So was machen Unsre?

„Klar. Die sind auch nich' besser als alle andern. Siehste ja an Vitja."

„Bin gespannt, wie das enden wird." Seufzt Mascha. Und will noch mehr wissen: „Und was wird aus dir und Natascha? Und dem Baby?"

Nikolaj zuckte die Schultern. Sagte nichts. Aber damit gab sich Mascha nicht zufrieden.

„Werdet ihr heiraten?"

Nikolaj schüttelte den Kopf. Heftig. „Auf keinen Fall! Natascha will das auch nicht. Wir müssten ja total beknackt sein – jetzt zu heiraten! Wäre der Anfang vom Ende!" Er holte tief Luft. Sah sie forschend an. „Und wie geht's bei dir weiter? Mit Aslan?"

Mascha zögerte. Eigentlich war es noch zu früh. Sie wollte die Familie nicht voreilig in ihre Pläne einweihen. Aber Nikolaj – ihm konnte man etwas anvertrauen. Ohne dass er gleich quatschte.

„Was ich dir jetzt sage, musst du erst mal für dich behalten, Kolja. Das musst du mir versprechen."

Nikolaj schaute die Schwester an. Fragend. Irritiert. Aber er versprach zu schweigen.

„Aslan zieht mit seiner Familie in ein anderes Viertel. Sein Vater hat ein Haus gekauft." Hier machte Mascha eine Pause.

„Ja, und? Was weiter?" Ungeduld ist in Nikolajs Stimme.

„Nach meinem 18. Geburtstag werde ich zu Aslan ziehen. Seine Eltern haben mir ein Zimmer in ihrem Haus angeboten. Genug Platz haben sie."

Ungläubig schaute Nikolaj die Schwester an. „Is' nich' dein Ernst!"

„Doch!" Fast trotzig die Bestätigung.

133

„Na dann gute Nacht! Ist dir klar, was das zu Hause für einen Aufruhr geben wird?"

38

Viktor kam nach der Schule nicht nach Hause. Um genau zu sein: Er war gar nicht in der Schule gewesen. Am Morgen war er durch die Stadt gelaufen. Ziellos. Planlos. Hatte nachgedacht. Überlegt, was wäre, wenn ... Wenn die ganze Sache vor Gericht kam.

Dann, am späten Vormittag hatte er sich auf den Weg nach Hause gemacht. Konnte doch sein, dass Stunden ausgefallen waren. Jedenfalls konnte er das sagen. Wenn Valentina sich wunderte.

Vor ihrem Block stand ein Polizeiauto. Das bedeutete Alarmstufe dunkelrot. Jetzt nach Hause kommen – das ging gar nicht. Was wollten die denn jetzt noch?

Plötzlich ging die Eingangstür auf. Heraus eilten drei Polizisten in Uniform und ein Mann in Zivil. Einer der Uniformierten trug einen Karton. Verstaute ihn im Wagen.

Viktor wurde blass. Hatten die was gefunden? Besonders schlau war's ja nicht versteckt. Mit einer Durchsuchung hatte er nicht gerechnet. Hatte doch nur Schmiere gestanden. Hatte er gesagt. Warum kamen die dann nochmal?

Eines war klar: nach Hause – das ging jetzt nicht. Aber wohin? Zur „Fabrik"? Ging auch nicht. War Kostja „Kings" Stammsitz. Und dem nochmal begegnen? Nee! Bloß nicht! Das letzte Treffen hatte ihm gereicht. Oleg und Petja kamen auch nicht in Frage. Die wohnten im selben Hochhaus wie er. Würden ihn verpfeifen. Waren ja auch verdächtigt worden. Obwohl sie bei der Aktion nicht dabei gewesen waren.

Aber da gab es doch – nicht weit von der Hochhaussiedlung – eine Kleingartenkolonie. Vielleicht war eine Hütte nicht abgeschlossen. Dauerhaft bewohnt waren die wenigsten. Und zur Zeit lud das Wetter nicht zum Gartenleben ein.

Das Polizeiauto war jetzt weg. Erleichtert atmete Viktor auf. Und schlurfte los. Hob die Füße nicht. Wie ein alter Mann. Ein bisschen viel das alles. Dachte er. Papa als Verbündeter? Das konnte er sich abschminken. Ständig die Bullen auf der Matte. Das war selbst für den zu viel.

Auf einmal fühlte er sich sehr allein. Niemand da. Niemand, mit dem er reden könnte. Niemand, der ihm sagen könnte, was jetzt zu tun war. In der Schule sowieso nicht. Er hatte es sich mit fast allen Lehrern verscherzt. Wegen seiner Wurschtigkeit. Tat ja nichts. Keine Hausaufgaben. Keine Mitarbeit im Unterricht. Grottenschlechte Ergebnisse bei den Klassenarbeiten. Und immer 'n frechen Spruch auf den Lippen. Kontakte, gar Freundschaften zu Mitschülern? Nur zu Leuten, die in seiner Clique waren. Da stand im Ernstfall jeder für sich allein. Hatte Kostja „King" zu verstehen gegeben. Unmissverständlich.

Und in der Familie? Die Eltern? Fehlanzeige. Denen war wichtig, was die Leute sagten. Kolja? Nee. Der spielte in einer ganz anderen Liga. Braver Junge. Gute Noten. Normalos als Freunde. Und 'ne Freundin.

Die Einzige, die in Frage käme zum Reden: die Schwester. Mascha würde zuhören, ihn vielleicht sogar verstehen. Aber wie an sie rankommen? Ohne zu verraten, wo er steckte. Und dann: Vermutlich würde sie wollen, dass er nach Hause kam. Noch mal mit der Polizei sprach. Nee. Keine Option.

Langsam ging Viktor den Hauptweg entlang, der durch die Kolonie führte. Sah nicht den glattrasierten Rasen überall. Die gestutzten Bäume und eingezwängten Beete. Prüfte mit wachem Blick die Lauben. Gab es eine leicht zu öffnende Tür? Ein offenes Fenster?

Ganz am Ende des Ganges eine Parzelle, die den Vereinsmitgliedern mit Sicherheit missfiel. Wuchernde Botanik. Kniehohe Wiesengräser. Rostige oder defekte Gartengerätschaften. Zerbrochene Tontöpfe. Zerborstene Plastikgefäße. Alles wild verstreut.

Das könnte es sein. Dachte Viktor. Öffnete vorsichtig das verwitterte Gartentor. Ging über gesprungene, teilweise schon zerborstene Platten zum Haus. Drückte die Klinke der Tür herunter.

Verschlossen. Aber vielleicht … Viktor schaute sich um. Nein, er war unbeobachtet. Bückte sich. Hob die Matte vor der Haustür an - - Und da lag er!

Viktor schloss auf. Musste sich erst an das Dunkel gewöhnen. Drinnen herrschte ähnliches Chaos wie draußen. Aber immerhin – ein als Liege erkennbares Möbel. Mit fleckiger Matratze. Ein kleiner Tisch mit zerkratzter Platte. Ein Stuhl mit zerbrochener Rückenlehne.

Hier kann man abtauchen. Dachte Viktor. Nur zu essen gab es nichts.

39

Valentina saß am Küchentisch. Ihr Lieblingsplatz, wenn sie am frühen Vormittag nach der Reinigungsarbeit in den Büros zu Hause ein paar Minuten für sich hatte. Vor ihr lag auf dem mit einem blümchengemusterten Lacktischtuch bedeckten Tisch der am selben Tag erschienene „Evropa Ekspress". Aufgeschlagen auf Seite 3. Aber wie so oft in letzter Zeit gelang es ihr nicht, die Nachrichten, auf die sie doch jede Woche begierig wartete, in sich aufzunehmen. Sie las die Artikel einmal, zweimal, dreimal. Und hatte ihren Sinn immer noch nicht erfasst. Schließlich gab sie auf. Nahm die Lesebrille, die sie seit zwei Jahren brauchte, ab. Überließ sich endgültig ihren Gedanken.

Zu viel war über sie, über ihre Familie in der letzten Zeit hereingebrochen. Gennadijs Unfall – obwohl – die Hand heilte gut. Nach der Reha, die zum Glück ambulant vor Ort stattfand und demnächst zu Ende sein würde (er hatte sie nicht mit den Kindern allein gelassen), würde er wieder arbeiten können. Wie versprochen hatte sein Chef die Stelle für ihn freigehalten. Da gab es also eine positive Entwicklung.

Ganz anders bei den Kindern. Mascha ließ sich nicht von ihrer unsäglichen Beziehung zu diesem Türken abbringen. Ihr früher so gefügiger Sohn Nikolaj begann aufsässig zu werden und hatte ein Mädchen geschwängert, ein Mädchen aus ihren Kreisen, und weigerte sich zu heiraten. Das würde einen Riesenwirbel in ihrer Gemeinschaft geben, wenn man Natascha ihren Zustand ansah. Die Nachbarn, alle „ihre Leute" würden sich das Maul zerreißen. Nicht so sehr über die Schwangerschaft. In so frühen Jahren war die auch in Kasachstan nichts Außergewöhnliches. Aber dass die Familie Keller nicht dafür gesorgt hatte, dass der Vater – ihr Sohn – Verantwortung übernahm und die Beziehung legalisierte. Das würde keiner verstehen. Das würde sogar für Empörung sorgen.

Und dann Viktor. Ein Verbrecher war er geworden. Die ständigen Besuche der Polizei waren auch den Nachbarn nicht verborgen geblieben. Bis jetzt hatte sie auf die vielen neugierigen Fragen antworten können, dass Viktor als Zeuge aussagen müsse. Aber wie lange ließ sich diese Version noch aufrecht erhalten, nachdem die Polizisten einen

Karton aus ihrer Wohnung geschleppt hatten. Wenn das jemand aus dem Haus beobachtet hatte …

Und nun war Viktor verschwunden. Niemand wusste, wo er sich aufhielt. Was er machte. Nicht nur sie und Gennadij warteten voller Ungeduld auf seine Rückkehr. Nach dem Fund in seinem Zimmer wünschte auch die Polizei dringend, ihn zu befragen. Intensiv gesucht wurde allerdings wohl nicht nach ihm. Dazu war offenbar die Straftat nicht schwer genug. Valentina wusste nicht einmal genau, worum es sich eigentlich handelte. Aber ohne gezielte Suche bestand keine Aussicht, ihn zu finden. Valentina war sich sicher, dass er sich an einem festen Ort versteckt hielt. Nicht ziellos umherirrte. Aber wo?

Jemand schloss die Wohnungstür auf. War das vielleicht Vitja? Mascha und Nikolaj waren ja in der Schule. Valentina sprang so heftig auf, dass der Stuhl fast umfiel. Stürzte hinaus in den Flur.

Nein. Es war Gennadij. Der aus irgendeinem Grund vorzeitig aus der Reha nach Hause kam.

Plötzlich stieg in Valentina ein Gefühl unbändiger Wut auf. Sie schoss auf ihren Mann los. Packte ihn an seiner Jacke. Schüttelte ihn. Ließ los. Trommelte mit ihren Fäusten auf seine Brust.

„Du bist schuld! Du bist an allem schuld!", schreit sie.

Gennadij wusste nicht, wie ihm geschah. Was ging hier vor? Was war mit seiner Frau passiert?

139

Er ergriff Valentinas Handgelenke und schob seine Frau langsam von sich weg. Schaute ihr prüfend in das rote, wutverzerrte Gesicht.

„Valentina! Beruhige dich! Was ist los?"

„Was los ist? Das fragst du noch? Alles ist los! Nichts ist mehr, wie es war."

Gennadij hatte immer noch keine klare Vorstellung, was Valentina so zornig machte, aber er ahnte, was sie umtrieb.

„Valja, lass mich doch erst mal die Jacke ausziehen. Dann können wir uns setzen und miteinander sprechen. In aller Ruhe."

„In aller Ruhe?", wiederholt Valentina empört. Ließ ihn aber doch die Jacke aufhängen. Und die Schuhe ausziehen. Ging schon mal vor. Mit energischen Schritten. In die Küche.

Gennadij folgte ihr. Setzte sich ihr gegenüber an den Küchentisch. „Was regt dich so auf, Valja?", fragt er betont sanft und ruhig. Er fürchtete die Temperamentsausbrüche seiner Frau. In so einem Zustand war sie für kein vernünftiges Argument mehr zugänglich.

„Was mich so aufregt? Das fragst du im Ernst, Gena?" Inzwischen hatte sich Valentinas heißer Zorn ein wenig abgekühlt. Erregt war sie aber immer noch. „Das ist alles zu viel für mich. Was ist aus unseren Kindern geworden! Ach, Gena! Es ist eine Katastrophe! Und wo ist Viktor? Wo ist mein Junge? Wie konnte es so weit kommen? Dass er ein Verbrecher geworden ist. Das ist alles deine Schuld, Gena!"

„Nun mal langsam, Valja! Erstens ist unser Sohn nicht gleich ein Verbrecher. Er hat Dummheiten gemacht. Aber keine Verbrechen begangen. Und weshalb, bitte, soll ich daran schuld sein?"

„Deine Erziehung ist schuld! Immer hast du alles entschuldigt. Viktor hast du immer in Schutz genommen. Wenn er was angestellt hat, war das für dich normal, weil er ja ein Junge ist und ein Mann werden soll. Stattdessen hättest du ihm sagen müssen – bis hierhin und nicht weiter! Zu Maschas Verhältnis mit diesem Türken hast du viel zu lange geschwiegen. Fehlte nur noch, dass sie uns ein Türkenkind ins Haus schleppt. Und hast du jemals mit Nikolaj gesprochen? Über – du weißt schon, was. Dass man das nicht tun darf. Nicht vor der Ehe."

Nach diesem Ausbruch war bei Valentina erst mal die Luft raus. Auf ihrem Stuhl lehnte sie sich zurück. Sah Gennadij gespannt an.

Der hatte zu beißen. An so vielen Vorwürfen auf einmal. An allen Entwicklungen, die Valentina nicht passten, sollte er schuld sein? Das konnte er nicht unwidersprochen hinnehmen. Zugegeben: Viktors Entwicklung gefiel auch ihm ganz und gar nicht. Dass sie im Moment nicht einmal wussten, wo er war, machte alles nur noch schlimmer. Aber wo sollten sie suchen? Sie kannten seine Freunde nicht. Das war wohl ihr größter Fehler gewesen. Sich nicht darum zu kümmern, mit wem er nach der Schule oder am Abend zusammen war. Sie

141

hatten beide, Valentina und er, angenommen, das seien junge Leute aus dem Haus. Die konnten ja nicht schlecht sein. Das waren doch „ihre" Leute. Dass es sich zum Teil offenbar um Kriminelle handelte, sah er jetzt ein. Und es erfüllte ihn mit großer Sorge.

Aber was Mascha und Nikolaj anging, hatte er eine etwas andere Sicht der Dinge. Auch in Kasachstan war es doch vorgekommen, dass sich eines „ihrer" Mädchen in einen Russen oder Kasachen verliebt und ihn – gegen den anfänglichen Widerstand der russlanddeutschen Familie – schließlich sogar geheiratet hatte. Gennadij hatte Aslan als höflichen jungen Mann erlebt. Ein bisschen zu ernst, nach seinem Geschmack. Er wusste, dass er studierte. Und von Nikolaj wusste er, dass Aslan aus einer gebildeten Familie stammte. Das Verbot, mit ihm zu verkehren, hatte er vor allem Valentina zuliebe ausgesprochen.

Und Nikolaj? Mein Gott, in diesem Land nimmt man es doch nicht so genau. Mit – na ist schon klar! Nikolaj ist sechzehn. Er, Gennadij, hatte mit sechzehn auch die ersten intimen Kontakte gehabt. Nur mussten die damals im Verborgenen stattfinden. Er erinnerte sich noch an das Mädchen. Eine Russin. Wie hieß sie noch mal? Tanja? Nein. Olja? Nein – Varja hieß sie. Mit ihr war er in das Wäldchen gegangen. Zwei Kilometer vom Dorf entfernt. Nur dort konnten sie sicher sein, nicht entdeckt zu werden. Trotz der Decke, die er mitgenommen hatte, war es auf dem unebenen Waldboden eine ziemlich unbequeme Angelegenheit gewesen. Aber schön!

142

Dass Natascha – ein nettes Mädchen übrigens – nun gleich schwanger werden musste, war Pech für Nikolaj. Na ja, für das Mädchen auch. Aber kein Weltuntergang. Schließlich gab es die Babuschki! Die konnten sich kümmern. Wenn eine andere Lösung, die er durchaus bevorzugt hätte, nicht in Frage kam.

Die beiden hätten besser aufpassen sollen. Sich schützen. Aber er damals, mit Varja. Er hatte sich auch nicht geschützt. Überhaupt nicht an so was gedacht. Nicht mal gewusst, dass es was gab, um sich zu schützen. Wurde nicht geredet über so was. Hier wissen die jungen Leute das. Halten sich aber nicht dran.

Wie auch immer. Nikolaj und Mascha waren keine Sorgenkinder. Nicht in seinen Augen. Aber Viktor. Der bereitete ihm schlaflose Nächte. Von denen Valentina übrigens nichts ahnte. Was ihn betraf, machte sich Gennadij wirklich Vorwürfe. Sie beide hätten aufpassen müssen. Sich die Jungs näher ansehen, mit denen Viktor abhing. Gerade jetzt zeigte sich, wie wenig sie wussten. Keinen seiner Freunde kannten sie. Auch nicht die aus dem Haus. Jedenfalls nicht wirklich. Klassenkameraden waren sie. Aber offenbar keine engen Freunde von Viktor.

„Du machst es dir zu einfach, Valja", begann Gennadij ruhig. Obwohl er sich durchaus über Valentinas Vorwürfe ärgerte. „Du wolltest unbedingt in dieses Land. Und ich war ja auch einverstanden. Aber dass hier einiges anders läuft als in Kasachstan, das wussten wir von Leuten, die

143

schon vor uns hier waren. Wir werden uns damit abfinden müssen, auch wenn wir manchmal andere Ansichten haben. Was Viktor betrifft, gebe ich dir allerdings Recht. Da haben wir viel versäumt. Nicht nur ich. Du wusstest auch nicht, mit was für Leuten er sich trifft. Hast vermutet, genau wie ich, die sind aus dem Haus. Also die „Unsrigen". Die können nicht schlecht sein. War wohl ein Irrtum. Ein paar schwarze Schafe müssen darunter sein. Aber wer? Das weißt du ebenso wenig wie ich.

Und wenn du mir vorwirfst, ich hätte ihm alles durchgehen lassen – das waren ja bis vor kurzem Lappalien. Nicht der Rede wert. Angefangen mit kriminellen Aktionen hat es ja wohl erst, als ich im Krankenhaus lag."

Gennadij machte eine Pause. In die Pause hinein sagte Valentina:

„Wären wir doch bloß in Kasachstan geblieben!"

Den letzten Satz hatte Mascha gehört. Und nicht nur den. Unfreiwillig. Durch eine angelehnte Tür. Sie war früher als gewohnt nach Hause gekommen. Die Lehrerin des Geschichts-Leistungskurses hatte den Unterricht vorzeitig beendet. Ohne Erklärung, warum.

Fast geräuschlos schlich Mascha in ihre „Kammer". Sie wollte auf keinen Fall entdeckt werden. Die Eltern sollten nicht wissen, dass sie ihr Gespräch belauscht hatte.

In ihrem Zimmer warf sie sich aufs Bett. Wie immer, wenn sie aus der Schule kam. Aber heute war es nicht Müdigkeit, sondern Verwirrung. Sie starrte an die Decke. Nachdenken war angesagt. In ihrem Kopf ging einiges durcheinander.

Das hatte sie nicht geahnt. Dass die Mutter so unglücklich war. Immer hatte sie sie als ewig nörgelnde, ewig unzufriedene Person wahrgenommen. Die alles kontrollieren wollte. Alles bestimmen. Die sich in alles reinhängte. An allem was zu kritisieren hatte. In Maschas Augen bestand die Mutter aus Vorwürfen und Klagen. Wann hatte sie ihre Kinder das letzte Mal in den Arm genommen? Oder sie gar geküsst? Mascha kramte in ihren Erinnerungen. Ja, als sie klein war, da war die Mutter ganz anders gewesen. Sie hatte viel mit ihren Kindern gelacht, hatte sie oft zärtlich in den Arm genommen. Und auch geküsst. Aber mit dem Plan, nach Deutschland auszureisen, hatte sich alles geändert. Die Mutter wirkte ständig angespannt, wurde schnell ungehalten, wütend. Schluss mit Schmusen und Streicheln. Schluss mit Lachen. Und seit sie in Deutschland waren: nur Anweisungen – ach, Quatsch: Befehle und Verbote.

Und jetzt? Jetzt sehnte sich Valentina nach Kasachstan zurück. Sie. Die ihre Übersiedlung mit aller Energie und Ausdauer durchgezogen hatte. Ohne Rücksicht auf ihre Kinder. Die in ihrer Umgebung, bei den Freunden bleiben wollten. Sie hatte Deutschland in den herrlichsten Farben geschildert. Von Heimat gesprochen. Für die Kinder war Kasachstan die Heimat.

145

Aus Enttäuschung war Verzweiflung geworden. Alles war schiefgelaufen. Das „gelobte Land" hatte sich als ganz anders herausgestellt. Ganz anders als in ihrer Vorstellung.

Arme Mama, dachte Mascha. Aber der Hauch von Mitgefühl für ihre Mutter war schnell verflogen.

Nein, so läuft das nicht! Du hast schließlich nach Deutschland gewollt. Und jetzt, wo wir, eure Kinder, uns eingewöhnt haben, wo wir so leben wollen, wie man hier eben lebt, da ist alles auf einmal schlecht und wir sollen uns nach deinen Vorstellungen verhalten. Kasachstan in Deutschland? Nicht mit mir!

Aber: Konnte sie gerade jetzt die Mutter mit ihren Umzugsplänen konfrontieren? Gerade jetzt. Wo die Sorge um Vitja sie fast umbrachte. Wo sie todunglücklich war. Sich zurück nach Kasachstan sehnte.

Mit einem Satz sprang Mascha aus dem Bett. Griff nach ihrer Tasche. Schnappte sich ihre Jacke.

„Ich bin noch mal weg!" Ruft sie in Richtung Küche. Ehe noch jemand fragen kann, hat sie die Wohnung verlassen.

Noch war Aslans Familie nicht umgezogen. Noch war er nur einen Katzensprung von ihr entfernt. Noch konnte sie schnell zu ihm hinüberflitzen. Gute oder schlechte Neuigkeiten mit ihm teilen.

Aber heute huschte sie nicht zum Hochhaus gegenüber. Musste unbedingt mit Lena reden. Musste ihr berichten, was sie gerade gehört hatte.

Musste sie fragen. Konnte sie, Mascha, jetzt einfach so abhauen? Zu Aslan und seiner Familie ziehen? Jetzt, da sie die Klagen der Mutter gehört hatte? Und wusste, wie unglücklich sie war?

Um sicher zu gehen, dass die Freundin zu Hause war, schickte sie eine Nachricht über WhatsApp. Wartete ungeduldig auf Antwort. - Alles paletti, erwarte dich.

40

Greller Sonnenschein am späten Morgen. Brach sich mit Gewalt den Weg durch völlig erblindete Fensterscheiben. Weckte Viktor.

Der musste sich erst sortieren. Herausfinden, wo er sich befand. Noch ein wenig benommen schaute er sich um. Ach ja, er hatte in der Kolonie Zuflucht gesucht. Und sich auf dieser Liege, auf der er sich jetzt räkelte, ein notdürftiges Lager bereitet. Ein unbequemes. Stellte er fest. Der Rücken schmerzte.

Nicht das größte Problem. Im Moment gab es ein viel größeres: Hunger.

Er durchforstete das Chaos, das um ihn herum herrschte. Das er gestern im Dämmerlicht nicht wahrgenommen hatte. Nicht in seinem ganzen Ausmaß: leere Flaschen, Dosen, zerbrochenes Mobiliar, uralte Haushaltsgeräte. Schnell wurde

147

klar: Hier war nichts zu holen. Nichts Essbares. Selbst ein kleines Schränkchen, das ein Kühlschrank hätte sein können – leer!

Suchend fummelte Viktor in seiner Jeanstasche. Zog ein paar Münzen heraus. Breitete sie auf dem zerkratzten Tischchen aus. Für ein paar Brötchen würde es reichen. Das war's dann aber auch schon.

Und jetzt? Er könnte Kolja oder Mascha über WhatsApp um etwas Geld bitten. Aber dann müsste er sich mit ihnen treffen. Müsste aus der Deckung kommen. Sie würden ihn bequatschen. Dass er nach Hause kommen soll. Sich bei der Polizei melden. Bla, bla, bla …

Und Oleg? Oder Petja?

Nee, bloß nicht einer aus der Clique! Oleg hatte sowieso kein Geld. Und die anderen waren auch immer klamm. Bis auf Borja und Kostja „King". Aber die durften nicht erfahren, wo er steckte. Auf keinen Fall. Schließlich war er noch 'ne Gefahr für die. Wenn er bei den Bullen auspackte …

Nein, das kam alles nicht in Frage. Er musste sich selbst was zu essen besorgen.

Hier war natürlich tote Hose. Aber ein paar Ecken weiter gab's Geschäfte und einen großen Supermarkt. Er musste sich nur eine Taktik zurechtlegen. Wie er vorgehen wollte. Ohne Geld einkaufen – das wollte gut geplant sein.

Viktor blickte sich in dem Chaos um. Fand eine alte Plastiktüte mit Supermarkt-Aufdruck. Und eine noch intakte Flasche. Perfekt.

Er nahm den Schlüssel vom Tisch. Schloss die Laube sorgfältig ab. Legte aber den Schlüssel nicht unter die Matte. Steckte ihn in die Hosentasche. Und trabte los.

Für sein letztes Geld kaufte er beim Bäcker vier Brötchen. Weiter in den Supermarkt. Kaum was los zu dieser Zeit. Die Bäckertüte sollte den Eindruck eines ganz normalen Kunden erwecken. Tat sie auch. Zusammen mit der Supermarkt-Tüte. Niemand kümmerte sich um ihn. Während er durch die Gänge schlenderte. An Regalen mit Teigwaren, Marmelade, Konserven, Backzutaten vorbei. Wo waren denn hier die Kameras angebracht? Er schaute nach oben. Mit gleichgültiger Miene. Als ob ihn der Deckenanstrich interessierte.

Endlich das, was er suchte. Aus dem Regal schnappte er sich zwei Packungen Salami. Ließ eine blitzschnell unter seiner Jeans-Jacke verschwinden. Schaute sich die zweite prüfend an. Legte sie zurück ins Regal. Für die Kamera.

Beim Käse ging es noch einfacher. Der lag in einer großen Truhe. Viktor beugte sich nach vorn. Mit dem Rücken zur Kamera. Griff nach einer Packung Käseaufschnitt. Ließ sie verschwinden.

Jetzt fehlte noch was Flüssiges. Die Getränkeauswahl war riesig. Da sie zu Hause tabu war, entschied sich Viktor für Cola. Er packte eine 1 ½ Liter Flasche. Ganz lässig, ohne nach rechts oder links zu blicken. Ohne sich umzuschauen. Verstaute die Flasche in der Supermarkt-Tüte.

Sollte er vielleicht noch die leere Flasche abgeben? Und sich das Geld für das Leergut an der Kasse geben lassen? Einen Moment lang überlegte Viktor. Aber dann schien ihm das doch zu gewagt. Besser, er ging mit einem freundlichen Kopfnicken an der Kasse vorbei. Die ist sowieso jetzt Gefahrenzone 1. Jetzt bloß keine Unsicherheit zeigen.

Kein einziger Kunde an der Kasse. Gelangweilt schaute die Kassiererin in die Gänge. Auf Ihre Fingernägel. Wieder in die Gänge.

Lässig schlurfte Viktor an ihr vorbei. Die Bäckertüte unauffällig auffällig in der Hand.

„Na, nichts gefunden?", fragt die Kassiererin.

„Nee."

„Was haste denn gesucht?" Ein Gespräch wäre was gegen die Langeweile.

Jetzt bloß nicht sagen: nichts Bestimmtes. Damit machte er sich verdächtig. Klar. Also kurz überlegen: „'Ne bestimmte Marmeladensorte."

„Sollen wir mal zusammen suchen?" Bietet die Kassiererin ihre Hilfe an.

„Nee, nich nötig. Kein Problem."

„Mach ich gerne." Wiederholt die Frau ihr Angebot. „Ich hab ja im Moment nichts zu tun."

„Nee, danke! Alles gut! Schönen Tag noch und tschüs!" Bloß raus! Viktors Abgang ist eher eine Flucht.

„Na denn eben nicht. Tschüs!" Hört er die Kassiererin noch hinterherrufen.

Geschafft! Auf der Straße atmete er auf. Schwein gehabt!

Auf dem Rückweg ein Obst- und Gemüseladen. Der hatte seine Ware dekorativ auf der Straße ausgebreitet. 'N bisschen Obst wär nicht schlecht. Dachte Viktor. Fasste einen Apfel. Im Vorbeigehen. Steckte ihn in die Tasche seiner Jeansjacke.

Klasse! Dachte Viktor. 'Ne komplette Mahlzeit. Mit gesundem Nachtisch. Und das für lau!

41

Als Mascha das kleine Café betrat, wartete Aslan bereits auf sie. Das Café lag in einem anderen Stadtviertel. Zur Sicherheit. Hier kannte sie niemand.

„Schön, dass du endlich da bist. Ich kann es kaum erwarten."

Mascha schaute irritiert. Verstand nicht. Was meinte er?

Aslan bemerkte ihre Verwunderung. Lachte sie an. Zeigte auf einen bunten Prospekt. Der lag vor ihm auf dem Caféhaus-Tischchen. „Aber setz dich erst mal. Was möchtest du trinken?"

„Einen Milchkaffee." Mascha befreite sich von Schal und Jacke. Hängte beides über die Stuhllehne. Setzte sich. „Kein Kuss?", fragt sie lächelnd.

„Oh doch! Nachher. Ganz viele!" Aslan winkte der Bedienung. Bestellte einen Milchkaffee. „Entschuldige bitte, Mascha, aber ich möchte unbedingt deine Meinung hören."

„Meine Meinung?" Mascha verstand immer noch nicht.

„Schau mal hier in den Prospekt! Meine Eltern sind dabei, das Haus einzurichten. Ich hab sie gebeten, die Möbel für dein Zimmer dich selber auswählen zu lassen." Er reichte den Prospekt über den Tisch. Schaute Mascha gespannt an.

Zögernd griff die nach dem bunten Hochglanz-Heft. Blätterte hastig. Schaute Aslan an. Blätterte weiter.

„Du guckst dir das ja gar nicht richtig an!" Aslan war enttäuscht.

Mascha legte den Prospekt zurück auf den Tisch. Setzte sich gerade hin. Seufzte. Sah Aslan in die Augen. „Aslan, ich weiß nicht …, ich bin nicht sicher …" Sie gibt sich einen Ruck. „Aslan, ich habe ein Gespräch meiner Eltern mitgehört. Ungewollt. Da habe ich mitgekriegt, dass meine

Mutter wohl sehr unglücklich hier ist. Dass sie am liebsten wieder in Kasachstan wäre. Weil sie von allem so enttäuscht ist. Sich alles anders entwickelt hat, als sie sich das vorgestellt hat." Mascha machte eine kurze Pause. „Ja, und nun weiß ich nicht, ob ich meiner Mutter das antun soll. Abhauen. Und zu einem Mann ziehen, der, der … der ihr nicht passt."

„Du meinst, zu einem Türken, den sie hasst."

Mascha errötete. Senkte den Blick. Wusste nicht, was sie sagen sollte.

„So ist es doch!" Aslan besteht auf seiner Version.

„Ja, wenn du so willst." Sagt Mascha leise.

Schweigen. Eine ganze Weile.

Aslan bricht als Erster das Schweigen: „Und wie hast du dir die Zukunft vorgestellt? Unsere Zukunft? Oder gibt es für uns keine Zukunft mehr? Keine gemeinsame."

„Doch, Aslan! Natürlich will ich mit dir zusammenleben. Ich liebe dich. Aber vielleicht … Versteh mich bitte - vielleicht sollten wir es langsam angehen. Nicht so Knall auf Fall! Gleich nach meinem 18. Geburtstag. Ich könnte sie in Ruhe darauf vorbereiten."

Wieder Schweigen. Eine ganze Weile.

„Ok., Mascha, ich glaube, ich verstehe dich. Du brauchst noch ein bisschen Zeit." Enttäuschung klingt in Aslans Stimme. „Ich hatte zwar gehofft, dass du gleich mit in das neue Haus einziehen würdest. Aber auch wenn du später zu uns kommst – du kannst dir doch schon mal die Möbel aussuchen. Es sei denn - -", er machte eine Pause. Schaute Mascha prüfend in die Augen, "es sei denn, du hast nicht mehr die Absicht, bei uns zu wohnen."

"Doch, Aslan!" Mascha war ehrlich erschrocken. "Natürlich will ich bei euch wohnen, und ich bin sehr dankbar für das Angebot deiner Eltern. Ich freu mich auf unsere gemeinsame Zeit. Wirklich! Aber vielleicht - -"

"Ja, ja", unterbricht Aslan, "ich hab ja verstanden." Er war nun wieder so aufgeregt wie am Anfang. "Aber schau dir doch jetzt mal den Prospekt an. Sind tolle Sachen dabei. Such dir einfach was aus! Wir können dein Zimmer doch schon einrichten. Und wenn du dann den richtigen Zeitpunkt für gekommen hältst, dann ziehst du bei uns ein. Aber lass dir nicht zu lange Zeit. Ich bitte dich!"

Mascha griff wieder zum Prospekt. Blätterte. Vertiefte sich. War beeindruckt.

Als sie zu Ende geblättert hatte, schaute sie auf. Schüttelte den Kopf: "Ich kann mir nichts aussuchen, Aslan. Die Sachen sind viel zu teuer. Ich will nicht, dass deine Eltern so viel Geld für mich ausgeben. Das geht nicht."

"Mach dir darüber keine Gedanken, Mascha. Letzten Endes gehören die Möbel ja meinen Eltern. Und wie ich dich kenne, wirst du dir keine völlig verrückten Sachen aussuchen, die nicht mehr zu gebrauchen sind, wenn wir nicht mehr bei ihnen wohnen. Aber solange du bei uns wohnst, sollen sie nach deinem Geschmack sein."

Mascha schaute ihn lange an. War unentschlossen. Sah sein aufmunterndes Lächeln.

„Na gut." Sagte sie schließlich. „Dann lass uns zusammen gucken."

42

Bei den Kellers hatte sich die Lage alles andere als beruhigt. Während ihrer nächtlichen Arbeit im Büro bewahrte Valentina die Fassung. Zu Hause aber lief sie mit roten Augen durch die Wohnung. Klagte. Über ihre Söhne. Über ihre Tochter. Über ihr schlimmes Schicksal im einst gelobten Land.

Beide Eltern waren gleichermaßen in Sorge über Viktors Verschwinden. Zumal die Polizei ihnen im Nacken saß. Immer wieder fragte, ob der Sohn endlich wieder aufgetaucht sei. Durch seine Flucht hatte der sich selbst geschadet. Galt nicht mehr als Zeuge. Stand im Verdacht, Mittäter zu sein.

„Ist er wieder da?" Valentina kam vom Einkaufen zurück. Jedes Mal, wenn sie nach Hause kam, stellte sie diese Frage. Aufgeregt. Aufgebracht.

„Mann, Mama!" Mascha reagiert gereizt. „Wir hätten dir schon Bescheid gegeben. Du hast doch Dein Handy immer dabei."

„Ja, aber auf der Straße, bei dem Lärm, höre ich es vielleicht nicht." Jammert Valentina.

Mascha rollte die Augen. Erwiderte aber nichts. Plötzlich fiel ihr ein: „Übrigens – die Polizei hat angerufen."

Valentina zuckte zusammen. „Warum denn nun schon wieder? Haben sie eine Spur von Vitja?"

„Nein. Sie wollten wissen, ob wir etwas erfahren haben."

Valentina sank auf einen Stuhl am Küchentisch. Schüttelte den Kopf. Ratlos. „Mein Gott, wo kann er bloß sein? Vier Tage ist er jetzt schon weg. Hoffentlich ist er bei irgendjemand untergekommen. Er kann doch gar nicht allein für sich sorgen. Ohne Dach über dem Kopf. Ohne Geld." Und nach einer kurzen Pause: „Habt ihr wirklich alle aus seiner Klasse gefragt?"

„Ja, Mama, haben wir. Wir haben den Klassenlehrer gebeten, die versammelte Klasse zu befragen. Er ist mit so gut wie niemandem aus der Schule befreundet. Also Fehlanzeige. Und die Leute aus seiner Gruppe haben auch keine Ahnung. Allerdings kenne ich da nicht alle. Wohnen ja nicht alle hier im Turm."

Valentina hörte nicht auf, den Kopf zu schütteln. „Vielleicht ist ihm was zugestoßen. Mein Gott, vielleicht lebt er gar nicht mehr!" Valentina brach in Tränen aus. „Dieses Land ist schuld! Dieses gottlose Land! Wir hätten nie kommen sollen!"

So, jetzt hörte es Mascha wieder. Aber nicht durch eine angelehnte Tür. Valentina sprach es offen aus. Sie bereute die Übersiedlung nach Deutschland. Doch jetzt hatte sich bei Mascha jedes Mitgefühl mit der Mutter verabschiedet. Jetzt war Mascha wütend. Immer waren andere schuld. Und nun sogar ein ganzes Land!

Sollte sie die Gelegenheit nutzen? Den großen Fight mit der Mutter inszenieren? Damit beiden die Trennung leichter fiel. Die unweigerlich irgendwann demnächst bevorstand.

Nein. Mascha entschied sich gegen den großen Krach. Schwieg. Verließ die Küche.

43

„Hier muss es irgendwo sein." Polizeihauptmeister Dietmar Brenner schaute suchend nach rechts und nach links. „Wenn an dem Hinweis was dran ist." Polizeihauptmeisterin Claudia Schaller nickte. Neben ihrem Kollegen schritt sie forsch den Hauptgang der Kleingartenkolonie entlang.

„Hat die Frau keine näheren Angaben gemacht? Auf welcher Höhe das sein soll. Oder wie die Laube aussieht." Fragt sie Brenner.

„Nee." Antwortet der kurz. Und nach einer Weile: „Etwas verwildert soll es da aussehen."

„Na ja, was versteht die unter verwildert! In dieser Jahreszeit sieht alles ein bisschen wüst aus. Auch in einer Laubenkolonie."

Die beiden gingen weiter. Ohne irgendwo stehen zu bleiben. Schweigend. Sahen aufmerksam nach allen Seiten. Plötzlich hielt Claudia Schaller an. Packte Brenner am Ärmel.

„Guck mal, da drüben. Da sieht es wirklich schlimm aus. So als ob die Laube nicht verpachtet wäre."

„Stimmt."

„Dann lass uns doch mal nachsehen."

Die beiden Polizisten öffneten das verwitterte Gartentor. Gingen über gesprungene, teilweise schon zerborstene Platten zum Haus. Obwohl sie nicht mit Erfolg rechnete, drückte die Hauptmeisterin die Klinke runter.

„Abgeschlossen." Sagt sie resigniert. „Offenbar niemand da." Und nach einer kurzen Pause: „Hältst du die alte Dame für vertrauenswürdig?"

Brenner zuckte mit den Schultern. „Weiß nicht, denke schon." Er war keiner von der gesprächigen Sorte.

Claudia Schaller ging zum Fenster. Versuchte, im Inneren des Häuschens etwas zu entdecken. Aber das gelang nicht. Durch fast blinde Scheiben war so gut wie nichts zu sehen.

„Sieh doch mal unter die Matte vor der Tür!" Ruft sie ihrem Kollegen zu. „Solche Leute verstecken dort oft den Schlüssel."

Brenner bückte sich. „Nee, nix."

Schaller kam zurück zur Tür: „Meinst du, du kriegst die Tür auf, ohne das Schloss völlig zu ruinieren?"

„Mal sehen." Brenner zog einen Gegenstand aus der Parkatasche. Ein Mittelding zwischen Haken und Schraubendreher. Fummelte lustlos am Schloss herum. Und war total verblüfft, als die Tür plötzlich aufsprang.

Fragend sah er seine Kollegin an. „Na, schaun wir mal rein." Ermuntert die ihn.

Zögernd ging er voran. Bahnte sich einen Weg durch das Chaos. Versuchte, sich in dem Dämmerlicht zurechtzufinden. Etwas zu erkennen.

Claudia Schallers Augen hatten sich schneller an das matte Licht gewöhnt. Das hier auch bei Tage die Orientierung erschwerte. Sofort entdeckte sie allerlei Hinweise auf frühere Bewohner. Ein verdrecktes T-Shirt. Drei Plastikteller mit verkrusteten Essensresten. Einen Badeanzug in ausgewaschenem Rot und Dunkelblau. Ein Paar Jeans. Vorsätzlich zerschnitten. Eindeutig für einen Mann. Oder einen großen Jungen. Aber nicht „aktuell". Diese Jeans lagen schon lange hier.

Viktors Rucksack entdeckte sie nicht.

„Anscheinend Fehlanzeige!" Seufzt sie. „Wär auch zu schön, um wahr zu sein, gewesen!" Sie wandte sich zum Gehen.

„Warte mal!" Hält Brenner sie zurück. „Das lag auf dem Boden. Halb unter der Liege." In der Hand

159

hielt er eine leere Zigarettenschachtel. Wedelte damit vor der Nase der Kollegin herum. „Sieht ziemlich frisch aus. Liegt sicher nicht lange hier."

„Och!" Claudia Schaller staunte. Und war verstimmt. „Hab ich gar nicht gesehen." Wirklich ärgerlich, dass nicht sie das gefunden hatte. Sondern Brenner. Den sie sowieso nicht leiden konnte.

„Na, man muss schon genau gucken!" Ist dessen Kommentar. Für den die Kommissarin den Kollegen am liebsten geohrfeigt hätte. „Angeber!" Dachte sie aber nur. „Blödmann!" Schob sie noch hinterher. Auch in Gedanken.

„Scheint also doch jemand hier zu übernachten." Schließt Brenner messerscharf.

„Ja, aber wer? Kann ja jeder sein." Wandte Schaller schlecht gelaunt ein.

„Jeder ja wohl nicht." Widerspricht Brenner. „Wer fühlt sich denn in so 'nem Chaos wohl? Doch nur Penner. Oder jemand, der was auf dem Kerbholz hat." Brenner war plötzlich ungewohnt gesprächig.

„Du meinst, dieser Viktor Keller könnte hier abgetaucht sein?"

„Ja, warum nicht? Ist doch ein ziemlich sicheres Plätzchen. Wenn niemand einen beobachtet. Und junge Leute stören sich nicht an Unordnung und Dreck."

'Das ist wieder mal typisch für Brenner.' Dachte Claudia Schaller. 'Hat keine Kinder. Weiß aber genau Bescheid über junge Leute. Über alle jungen Leute.'

Laut sagt sie: „Wir werden das jetzt nicht klären. Besser, wir kommen heute Abend noch mal her. Dann werden wir ja sehen, ob es sich hier jemand gemütlich macht."

44

Mitten in der Geographiestunde stürzte Natascha ohne Ankündigung aus dem Klassenzimmer. Wie eine Rakete zu den Toiletten. Als sie zurückkam, sagt sie zum Lehrer gewandt, gerade noch hörbar: „Entschuldigung! Mir war schlecht." Und huschte fast lautlos zu ihrem Platz. Der Lehrer bedachte sie mit einem fragenden Blick. Sagte aber nichts. Fuhr mit dem Unterricht fort, als von Natascha keine weitere Erklärung kam.

„Was war das denn?" Flüstert Isa, ihre beste Freundin. Die neben ihr saß. Schaute sie prüfend von der Seite an.

„Nichts. Mir war schlecht. Hab wohl was Falsches gegessen." Unverwandt blickte Natascha nach vorn zum Lehrer.

In der Pause kam Isa noch einmal auf den Zwischenfall zu sprechen. „Was hast du denn gegessen?"

„Weiß nicht mehr."

„Du weißt nicht mehr, was du gegessen hast?"

„Doch, aber ich weiß nicht, was davon schlecht war. Oder mir nicht bekommen ist."

Kopfschüttelnd betrachtete Isa die Freundin. Diese Erklärung schien ihr reichlich unglaubwürdig. Aber sie musste sie wohl hinnehmen. Denn für Natascha war das Thema erledigt. Das war klar zu erkennen. An ihrem Blick in die Ferne. Und den zusammengepressten Lippen.

Am nächsten Tag dasselbe Szenario. Diesmal am Ende der Geschichtsstunde. Rausstürzen. Wiederkommen. Sich leise entschuldigen. Zum Platz huschen.

Von Isa keine Frage, kein Kommentar. Jedenfalls nicht während des Unterrichts.

Aber in der Pause kann sie sich eine spitze Bemerkung doch nicht verkneifen: „Na, wieder was Schlechtes gegessen?"

Natascha wurde rot. Schwieg. Sah erst auf den Boden. Dann in die Ferne.

„Was ist los, Tascha? Was ist mit dir? Es muss doch einen Grund geben für deine Übelkeit. Man könnte fast meinen …"

Natascha sah Isa erschrocken an: „Was könnte man meinen?"

„Na ja, wenn Frauen so oft schlecht wird, sind sie meistens - - -" Isa machte eine lange Pause.

162

„Was sind sie dann?" Hakt Natascha nach.

„Schwanger sind sie dann." Fast trotzig kommt die Antwort.

45

Obwohl Isa versprochen hatte, dicht zu halten, verbreitete sich die Nachricht von Nataschas Schwangerschaft über Twitter wie eine kleine Explosion. Am nächsten Tag wusste es die ganze Schule. Isa versicherte zwar unter Tränen, die Message sei nicht von ihr ausgegangen. Aber Natascha glaubte ihr nicht. Von wem sollte der Tweet denn sonst gekommen sein?

In Nataschas Klasse sorgte die Neuigkeit für heftige Auseinandersetzungen. Die eine Fraktion war voller Mitgefühl und Bedauern: die arme Tascha, so früh schon ein Baby, bye-bye Party, tschüs Disko, ade Freiheit. Die Gegenseite war voller Schadenfreude und Häme: selber schuld, wie kann man so blöd sein und sich nicht schützen, muss sie jetzt eben ausbaden, das hat sie von ihrem sorglosen Fick.

Auch in Nikolajs Klasse hatte der Tweet die Runde gemacht. Da Nikolaj nicht ständig auf Twitter unterwegs war, war er der Letzte, der davon erfuhr. Und das auch nur, weil Dennis ihm höhnisch grinsend zuflüsterte: „Hallo, Papi!" Ein paar Jungs

163

hatten in der Nähe gestanden. Und das mitgekriegt. Grinsten nun auch.

Irritiert sah Nikolaj sich um. Frage im Blick. Aber schon eine Ahnung im Hinterkopf. „Was ist los?" Wollte er wissen. Einer der Jungs hielt ihm sein Smartphone unter die Nase. „Das is los."

Nikolaj starrte auf das Display, auf dem die Kurznachricht zu lesen war. „Niki und Tascha werden Papa und Mama."

Wut machte sich in Nikolaj breit. Überflutete ihn wie eine gewaltige Welle. Aber er nahm sich zusammen. Blieb ruhig. „Von wem kommt das?"

„Keine Ahnung", ist die Antwort. „Ich hab's von Mark. Wo der's herhat, weiß ich nich'."

„Und - ?" Kommt es von Dennis. Lauernder Blick. Lippen ironisch verzogen. „Stimmt's?"

Nikolaj schaute Dennis einen Moment lang in die Augen. Wandte sich dann um. Verließ den Klassenraum.

* * *

Als die Schüler der 10b zur großen Pause hinausstürmten, hielt die Klassenlehrerin, Frau Lindenberg, Natascha zurück. „Ich möchte kurz mit dir reden, Natascha."

Zögernd kehrte Natascha um. Sollte Frau Lindenberg schon … ? Aber nein. Die würde sich doch wohl nicht ständig auf Twitter tummeln. Sie hatte ja nicht mal 'nen Facebook-Account.

„Setzen wir uns!" Sagt Frau Lindenberg freundlich, als der Klassenraum leer ist.

„Natascha." Beginnt die Lehrerin. „Mir ist da ein Gerücht zu Ohren gekommen. Und ich wüsste gern, ob da was dran ist." Sie machte eine Pause und schaute ihre Schülerin prüfend an.

Die hielt dem Blick nicht stand. Sah auf ihre gefalteten Hände, die wie ein Knoten auf dem Tisch lagen.

„Ich nehme an, du weißt, was ich meine." Fährt Frau Lindenberg fort.

Natascha nickte nur.

„Und? Stimmt es?"

Wieder nickte Natascha nur.

Die Lehrerin, die sich forschend zu Natascha gebeugt hatte, richtete sich auf. Seufzte. Sagte erst einmal gar nichts.

Dann nach einer Weile: „Wissen deine Eltern Bescheid?"

Wieder nickte Natascha.

„Und wie hast du dir das jetzt vorgestellt? Was wird aus der Schule?"

165

Die Frage lockte Natascha aus der Reserve. Was soll mit der Schule sein? Ist doch klar: „Na, ich mach natürlich das Abi!" Die Antwort kommt trotzig.

„Das wird nicht einfach werden. Ich bin mir nicht sicher, ob dir das klar ist."

„Die beiden Omas werden sich um das Baby kümmern. Wenn wir in der Schule sind." Erklärt Natascha.

„Wir?"

„Na, Nikolaj und ich." Wusste Frau Lindenberg nur von ihrer Schwangerschaft und nicht, wer der Vater war?

„Nikolaj Keller aus der 10a?"

„Ja."

„Er ist der Vater?" Sie hatte tatsächlich keine Ahnung. Hatte die Info anscheinend von einem Mädchen aus der Klasse. Kannte den Tweet nicht, der bei den Jungs kursierte.

„Ja."

Ein netter Junge, dachte Frau Lindenberg. Verkniff sich aber einen Kommentar. Legte nach mit der Schilderung von Szenarien:

„Mit der Betreuung durch die Großmütter ist es nicht getan, Natascha. Lernen für die Schule mit einem Baby, das in der ersten Zeit deine volle Aufmerksamkeit verlangt, das ist kein Zuckerschlecken. Du wirst wenig Schlaf bekommen, denn oft melden sich Säuglinge auch nachts. Dann bist du am Morgen erschöpft und müde in der Schule. Kannst dem Unterricht nicht folgen."

„Wir werden das schaffen! Kolja wird mir helfen."

46

Noch einmal das Theaterstück von gestern aufführen? Fraglich, ob das ein zweites Mal klappen würde. Denn die Kassiererin würde ihn wiedererkennen. Da war sich Viktor sicher. Außerdem hatte er heute kein Geld mehr für ein paar Brötchen. Die Bäckertüte hatte ja zum Theaterstück als unverzichtbares Requisit dazugehört.

Viktor erhob sich von seinem nicht gerade bequemen Nachtlager. Sein leerer Magen gab keine Ruhe. Rebellierte.

Ich könnte zum Bahnhof gehen. Da sitzen doch immer 'n paar Penner und Junkies rum. Vielleicht haben die was zu essen und geben mir was ab. Aber – warum sollten sie? Ich hab doch nix, was ich ihnen dafür bieten könnte. Außerdem kreisen da doch sowieso nur die Flaschen. Und Alk so früh am Morgen – nee, das is' nix. Ich hab Hunger. Und kein Morgenzittern in den Händen.

Die Zigaretten waren auch alle. Scheiße!

Quietschend öffnete sich die Tür der Laube.

„Hallo, junger Mann! Was machen Sie hier? Ist das Ihre Parzelle?" Fragt Polizeihauptmeisterin Claudia Schaller freundlich. Hinter ihr stand Polizeihauptmeister Dietmar Brenner in der Türöffnung. Versperrte den Fluchtweg.

„Nein". Antwortet Viktor auf die letzte Frage. Blitzschnell hatte er sich für die Strategie entschieden: so wenig wie möglich zu sagen.

„Und was haben Sie dann hier zu suchen?" Wiederholt Claudia Schaller ihre erste Frage.

Viktor schwieg.

„Haben Sie hier übernachtet?"

Viktor schwieg.

Halb zu Viktor, halb zu ihrem Kollegen stellt die Polizistin fest: „Zu klauen gibt's hier nichts. Das ist schon von draußen zu sehen. Also gehe ich davon aus, dass Sie nicht aus diesem Grund hier eingebrochen sind."

Viktor schwieg.

Jetzt wurde es dem Polizisten Brenner zu dumm. Das gedrechselte Gerede der Kollegin und das hartnäckige Schweigen des jungen Mannes gingen ihm gewaltig auf die Nerven.

„Zeigen Sie mal Ihren Ausweis!" Fordert er den jungen Mann barsch auf.

„Hab keinen dabei". Ist Viktors Antwort. „Muss ich auch nich'." Setzt er noch nach.

Für einen kurzen Moment fragte sich Brenner, ob dies der gesuchte Vierzehnjährige sein konnte. Verwarf diesen Gedanken aber sofort wieder. Nein, dieser junge Mann, der vor ihm stand, war älter. Mindestens 16.

„Dann werden Sie jetzt mitkommen zur Wache." Ordnet er kurz und knapp an. Ohne sich mit seiner Kollegin vorher zu beraten. „Zur Klärung der Personalien."

Einen Augenblick überlegte Viktor, ob er versuchen sollte abzuhauen. Sich an den beiden Polypen vorbeizuzwängen. Sie wegzustoßen. Und loszurennen.

Aber das würde nichts bringen. Auf ewig konnte er sowieso nicht verschwinden. Klar. Es würde Ärger geben. Bei der Polizei. Und zu Hause. Riesenärger. Aber auch was zu essen.

EIN JAHR SPÄTER

1

„Tascha, kannst du mir mal 'ne frische Windel rübergeben? Die liegen da drüben im Regal." Nikolaj ist damit beschäftigt, seine Tochter Irina frisch zu wickeln. Sie ist jetzt ein knappes halbes Jahr alt und natürlich bildschön.

„Hast du ihren Po eingecremt?" Fragt Natascha, bevor sie Nikolaj das Windelhöschen überreicht.

„Ja, klar! Was denkst du denn?! Ich weiß doch, was zu tun ist."

Bis vor kurzem hat Natascha mit dem Baby allein in ihrem Zimmer gewohnt. Nikolaj ist nur am Wochenende gekommen. Eng umschlungen haben sie auf Nataschas Bett geschlafen. Den Korb mit Irina darin neben dem Bett.

Aber Natascha war unzufrieden mit dieser Lösung. Denn sie bedeutete, dass in der Woche alles an ihr hängenblieb. Zwar kümmerten sich die Großmütter vormittags abwechselnd um ihr Enkelkind, während die Mutter in der Schule war. Eine Woche Olga Engel im dritten. Eine Woche Valentina Keller im zehnten Stock. Aber sobald Natascha am frühen Nachmittag zu Hause war, lag Irinas Versorgung in ihrer Verantwortung.

Nataschas Mutter Olga hatte etwas anderes gestört: dass sich die beiden Eltern auf das eine

Bett quetschen mussten. Sicher, Natascha und Kolja machte das nichts aus. Sie liebten sich. Und Verliebte konnten bekanntlich nicht eng genug zueinander rücken. Das war Olga durchaus klar. Aber sie fand, dass es doch nicht verkehrt wäre, wenn jeder für sich auch mal ein bisschen Platz hätte. Zumal dann, wenn Natascha ihre schreiende Tochter nachts aus dem – mittlerweile - Bettchen nahm und fast im Halbschlaf stillte.

Also hatte sie sich kurz entschlossen ihren Mann geschnappt. Ihn in ein Möbelgeschäft geschleppt. Und mit ihm gemeinsam ein ordentliches Doppelbett, ein französisches, gekauft. Von dem ihr Mann Vadim behauptete, es habe die Ausmaße eines Fußballfeldes.

Trotz seiner Größe passte das Bett gut in Nataschas Zimmer. Durch geschicktes Umstellen der anderen Möbel war dadurch kaum Platzverlust entstanden.

Nachdem das Zimmer neu gestaltet war, hatte Olga das Ehepaar Keller zum Kaffeetrinken eingeladen. Mit einem ganz bestimmten Plan.

Bevor Irina geboren wurde, hatte es noch viel Wirbel gegeben. Die Schule hatte das Jugendamt verständigt. Und das hatte mit den Familien Kontakt aufgenommen. Hatte verschiedene Optionen – u.a. die Freigabe zur Adoption – ausgebreitet. Und von den Familien erfahren, dass nichts davon in Frage käme. Dann vielleicht eine Familienhelferin? Nein. Eine Hebamme? Ja, ließe sich drüber reden.

171

Da es sich bei den beiden zukünftigen Eltern um Minderjährige handelte, war noch einiges an Bürokratie zu erledigen gewesen. So musste bei Gericht Olga als Vormund für die Enkelin bestellt werden. Immer waren irgendwelche Formulare auszufüllen oder zu unterschreiben. Am meisten genervt aber hatte Valentinas unermüdlich wiederholte Forderung einer Heirat. Selbst als Nataschas Bauch kugelrund war, sich sowieso nichts mehr vertuschen ließ und alle Bescheid wussten, hörte Valentina nicht auf, von Hochzeit zu reden. Da aber alle Beteiligten nichts davon wissen wollten, blieb es dabei: keine Eheschließung.

Inzwischen hatten sich die Wogen geglättet. Als das kleine Bündel Irina zum ersten Mal in Valentinas Armen lag und sie mit großen dunkelblauen Augen musterte, war selbst die strenge Oma für einen Augenblick milde gestimmt und glücklich.

An jenem Nachmittag nach der Neugestaltung von Nataschas Zimmer saßen die Kellers bei den Engels. Tranken nicht Kaffee, sondern, wie unter Russen häufig üblich, Tee. Der nach wie vor im Samowar zubereitet wurde. Jetzt aber in einem elektrischen.

Nachdem alle von Olgas Apfel-Streusel-Kuchen gegessen und ihn sehr gelobt hatten, kam Olga so langsam auf ihren Plan zu sprechen. Ihr war klar, dass es schwierig werden würde.

„Wir haben Nataschas Zimmer ein wenig umgeräumt." Sie kannte Valentinas Probleme mit der deutschen Sprache. Also sprach sie russisch.

„Vor allem haben wir ein größeres Bett gekauft. Wenn Nikolaj am Wochenende kommt, wird es doch sehr eng für die beiden. Vor allem, wenn die Kleine sich nachts meldet und Natascha sie zum Stillen ins Bett nimmt."

Hier machte Olga eine längere Pause. Holte dann tief Luft. „Da nun alles ein wenig bequemer geworden ist, hatte ich gedacht - -" Wieder eine Pause. „Ja, ich hatte gedacht, Kolja könnte vielleicht ganz bei uns einziehen. Dann wären die beiden immer zusammen und könnten gemeinsam für ihr Kind sorgen. Und sich auch bei den Hausaufgaben unterstützen. Wenn es mal schwierig wird. Oder was unklar ist."

Totenstille. Am Tisch mit den Kuchenkrümeln auf den Tellern kein Laut, keine Regung.

Bis Valentina schreit: „Nein! Nein! Das kommt überhaupt nicht in Frage." Und als weiter Schweigen herrschte, nicht mehr ganz so laut. Aber nicht weniger heftig: „Ich lasse mir nicht auch noch mein letztes Kind wegnehmen!"

„Aber wer spricht denn von wegnehmen, Valentina!" Versucht Olga zu beruhigen. „Wir wohnen doch im selben Haus. Nikolaj kann jederzeit zu euch raufkommen. Mit euch zusammen sein. Oder etwas erledigen, wenn ihr Hilfe braucht."

Valentina schüttelte heftig den Kopf. „Nein, nein! Auf keinen Fall!" Und dann zu Gennadij gewandt: „Sag du doch auch was, Gena! Willst du, dass Nikolaj uns auch noch verlässt?"

„Es geht doch hier nicht um „verlassen", Valja."
Widerspricht Gennadij. „Er bleibt doch ganz in
unserer Nähe. Ich finde den Vorschlag ganz
vernünftig. Die Eltern sollten zusammen sein und
sich gemeinsam um das Kind kümmern. Und wenn
bei den Engels genug Platz ist, warum nicht? Bei
uns ginge das nicht. Maschas freigewordenes
Zimmer ist viel zu klein."

„Dann haben wir überhaupt kein Kind mehr."
Schluchzt Valentina.

„Aber ich bitte dich, Valja! Was redest du denn
da?!" Protestiert Gennadij. „Wir haben nach wie
vor drei Kinder. Sie sind nur dabei, erwachsen zu
werden. Oder sind es schon. Es liegt an uns, die
Verbindung zu ihnen nicht abreißen zu lassen. Und
Vitja kommt demnächst auch wieder nach Hause.
Dann hast du ein Kind wieder ständig bei dir."

Bei der Erwähnung von Vitja klinkte sich Olga in
die Diskussion des Ehepaars Keller ein. Das
interessierte sie sehr.

„Ja, stimmt – wir haben Vitja lange nicht gesehen.
Wo ist er denn?"

„In Süddeutschland. Bei Verwandten." Valentinas
Erklärung kommt blitzschnell. Gennadijs Blick
klebte an einer der gestickten üppigen Rosen auf
dem Tischtuch.

„Aber warum ist er weg? Jetzt. Mitten im
Schuljahr."

„Es gab Probleme in der Schule." Erklärt Valentina. „Und da er die Klasse wiederholt, kam es nicht darauf an. Er sollte einfach mal raus."

„Aha." Sagt Olga nur. Gennadij sagte nichts. Und der ewig schweigsame Vadim sagte sowieso nichts.

Eine Woche später war Nikolaj bei den Kellers eingezogen.

2

„Setz dich, Viktor!" Fordert der Leiter der Jugendarrestanstalt den Jungen freundlich auf. Nachdem sich die Tür hinter ihm geschlossen und ein Wachmann neben der Tür Aufstellung genommen hatte.

Viktor schlakste nach vorne. Richtung Schreibtisch des Leiters. Ließ sich auf den angebotenen Stuhl nieder.

„Viktor, du hast nun deine vier Wochen bei uns abgeleistet. Und bis auf einige wenige Vorkommnisse hast du dich gut geführt. Das Einzige, womit du immer noch in Konflikt gerätst, sind die vorgegebenen Zeiten. Die Betreuer haben mir wiederholt von Verspätungen berichtet. Unpünktlich zu den Mahlzeiten. Unpünktlich zum Arbeitsbeginn. In letzter Zeit soll sich das aber gebessert haben."

Der Leiter machte eine Pause. Blätterte in Papieren. Die in einem Pappschnellhefter vor ihm auf dem Schreibtisch lagen.

„Du wirst nun morgen entlassen. Zu uns geführt haben dich Beteiligungen an einem Überfall und an einem Einbruchdiebstahl. Das sind für einen Jungen in deinem Alter schon ziemlich harte Nummern. Noch kann man dir zugute halten, dass du in eine kriminelle Gruppe reingeraten bist. Aber du bist eigentlich alt genug, um zu wissen, was richtig ist und was falsch."

Erneut machte der Leiter eine Pause. Blätterte. Sah kurz hoch, um Viktors Reaktion zu prüfen. Es gab keine. Mit unbewegtem Gesicht fixierte Viktor den alten, überdimensionierten Locher auf dem Schreibtisch des Leiters.

„Du wirst nun wieder in dein altes Umfeld kommen. Das kann gefährlich für dich werden. Was ist mit der Schule? Gehst du weiter in die selbe Schule?"

„Ja." Ist Viktors Antwort.

„Bist du versetzt worden?"

„Nein."

„Dann gehst du nicht mehr in die alte Klasse?"

„Nein."

„Na, das könnte sich positiv auswirken. Neue Klasse, neue Freunde. Waren viele aus deiner Gruppe in deiner alten Klasse?"

„Nein. Nur zwei."

„Woher kamen oder kommen die anderen?"

„Weiß nich'."

„Das weißt du nicht? Du musst doch wissen, wo du sie kennengelernt hast und wo sie herkamen."

„Auf dem Spielplatz. Die kommen, glaub ich, aus der Siedlung."

„Aus eurem Haus?"

„Ja, ein paar. Die meisten aus anderen Häusern."

„Viktor, was ich dir zum Abschied nahelegen möchte: Vergiss diese Gruppe! Meide unbedingt den Kontakt zu diesen Jugendlichen. Such dir in der neuen Klasse neue Freunde. Jungen oder Mädchen, die sich an Ordnung und Gesetz halten. Du bist doch selbst in ordentlichen Verhältnissen aufgewachsen und erzogen worden. Deine Eltern haben sich nie etwas zuschulden kommen lassen. Du solltest ihrem Vorbild nacheifern."

Der Leiter der JAA schaute erneut hoch. Prüfte die Reaktion auf seine Worte. Aber da war immer noch keine Regung in Viktors Gesicht.

„Nimm dir meine Worte zu Herzen, Viktor. Ich will dich hier nie mehr wiedersehen. - Wirst du morgen abgeholt?"

„Ja."

„Von wem?"

„Von meinem Vater."

„Das freut mich. Für deine Zukunft wünsche ich dir alles Gute. Glück und Erfolg. Einen geraden Lebensweg." Pause. Seufzen. „Du kannst jetzt gehen, Viktor."

3

„Hallo, Mama! Hier ist Mascha. Nein, leg bitte nicht gleich wieder auf!" Aber Valentina hatte das Gespräch bereits weggedrückt. So ging das jedes Mal, seit Mascha vor einem Monat ausgezogen war.

Im Dezember war sie 18 geworden. Endlich! Aber in die Freude mischte sich Unbehagen. Denn die Stimmung in der Familie war nicht gerade rosig. Niemand war in Feierlaune. Die junge Erwachsene hatte sich gegen eine Feier in ihrer viel zu kleinen Wohnung entschieden. Und auch gegen einen rauschenden Tanzabend in einem gemieteten Saal. Dort hätte sie Valentina kaum davon abhalten können, aufgeregt geschäftig herumzuwuseln. Dauernd Getränke und Essen ranzuschleppen.

Aber Aslan sollte doch dabei sein. So war es schließlich ein Kinobesuch mit Freunden geworden. Ohne Valentina. Mit Aslan.

Bald nach Beginn des neuen Jahres begann der Stress. Die ersten Abi-Klausuren mussten

178

geschrieben werden. Die ganze Plackerei zog sich bis ins späte Frühjahr. Bis Mascha das ersehnte, sauer verdiente Papier in den Händen hielt. Und stolz ihren Eltern vor die Nase hielt. Die schauten leicht interessiert. Lächelten freundlich. Zeigten sich aber insgesamt ziemlich unbeeindruckt.

Nun hätte Mascha endlich ihren Traum verwirklichen können. Mutig die Familie mit ihren Plänen konfrontieren. Aufbrechen in ein neues Leben, ihr eigenes Leben.

Aber nichts geschah. Mascha wartete. Wartete auf den richtigen Zeitpunkt. Der nicht kam. Immer war da was, das sie hinderte, die Initiative zu ergreifen. Viktors schwebendes Verfahren. Seine ungewisse Zukunft. Nataschas Schwangerschaft. Die Entbindung. Die nicht ganz ohne Komplikationen ablief. Das aufgeregte Gewusel um das Neugeborene. So verging die Zeit.

Bis schließlich Aslan Mascha unterstellte, sie wolle gar nicht bei ihm wohnen. Mit ihm leben. Sie solle es ihm nur klar sagen. Und ihn nicht ständig hinhalten.

Plötzlich ging dann alles sehr schnell. Mascha eröffnete den Eltern ihre Absicht, in Zukunft mit Aslan zusammenzuleben. Gennadij reagierte einigermaßen gelassen. Valentina produzierte einen ihrer berühmten, gefürchteten Tobsuchtsanfälle. Schrie, sie wolle Mascha nie mehr sehen. Sie sei nicht mehr ihre Tochter. Sprach bis zu Maschas Auszug kein Wort mehr mit ihrer Tochter.

179

Alle Versuche, mit der Mutter ins Gespräch zu kommen, waren bisher gescheitert.

Bis eines Abends nicht Valentina, sondern Gennadij am Telefon war. „Hi Papa! Ein Glück, dass du es bist. Mama legt ja immer gleich auf."

„Ja." Langsam bewegte sich Gennadij mit dem Telefon aus der Küche. Wo Valentina Kartoffeln schälte und er Zwiebeln geschnitten hatte. Um Valentinas Augen zu schonen. Im Wohnzimmer angekommen, sagt er mit gedämpfter Stimme: „Deine Mutter ist immer noch tief beleidigt. Das musst du verstehen. Deine Ankündigung kam so plötzlich, alles ging so schnell."

„Ja, ich weiß, Papa. Aber ich hab mich lange nicht getraut, euch was zu sagen. Geplant hatte ich das schon lange."

„Am meisten nimmt sie dir übel, dass du jetzt bei diesem Aslan wohnst. Ausgerechnet bei diesem Türken."

„Aber sie kennt ihn doch gar nicht. Deshalb rufe ich ja an. Ich möchte euch gerne zusammen mit Aslan besuchen. Damit ihr ihn kennenlernt. Er ist wirklich ein ganz lieber Mensch. Klug. Und zuverlässig."

Gennadij holte tief Luft. „Das glaube ich dir ja, Mascha. Aber ich denke, es ist noch zu früh. Mama ist noch nicht so weit. Du musst noch ein bisschen Geduld haben."

„Kannst du sie nicht überzeugen?"

„Ich will es versuchen, Mascha. Aber versprechen kann ich nichts."

„Ja, Papa, bitte! Versuch es! Kannst du mich auf dem Handy anrufen, wenn du es geschafft hast?"

„Ja, Mascha, mach ich. Geht es dir denn gut?"

„Ja, sehr gut. Ich habe einen Studienplatz bekommen. Für Geschichte und Philosophie. Ich kann im Herbst anfangen."

„Und wie klappt es mit der Familie von Aslan?"

„Ganz toll. Alle sind sehr lieb zu mir. So als würde ich zur Familie gehören."

„Das freut mich sehr, Mascha. Also, ich tu mein Bestes. Und hoffe, dass wir bald wieder zusammenfinden. Wir. Kolja. Vitja. Du. Und dann auch Aslan."

„Ja, Papa, das wäre schön. Bis dann. Ich hab dich lieb."

„Ich dich auch, Mascha. Mach's gut."

„Du auch, Papa. Tschüs!"

4

„Vitja! Söhnchen! Mein geliebtes Söhnchen! Endlich bist du wieder zu Hause. Bei deiner Mamuschka! Du hast mir so gefehlt! Stell dir vor,

Kolja hat uns verlassen. Ist einfach weggegangen. Lebt jetzt bei den Engels. Aber nun bist du ja wieder da. Jetzt habe ich ja dich."

Valentina drückte ihren Sohn an ihr Herz, dass dem fast die Luft wegblieb.

„Mein Gott, Valja! Lass ihn doch erst mal richtig ankommen." Gennadij stellte Viktors Reisetasche im Flur ab. Zog seine in die Jahre gekommene Lederjacke aus. Hängte sie an die Garderobe. Schob Viktor Richtung Wohnzimmer.

„So, jetzt setzen wir uns erst mal und freuen uns, dass du wieder zu Hause bist. Mama hat Kuchen gebacken. Und ich bin sicher, sie macht schon Tee." Sagt Gennadij, als sie im Wohnzimmer angekommen sind.

„War es sehr schlimm?" Fragt er.

Viktor schüttelte den Kopf. Lehnte sich im Sessel zurück. „Nee, ging so." Sagt er.

Valentina kam mit einem köstlich duftenden Schokoladenkuchen ins Wohnzimmer. Stellte ihn auf den Tisch mit der Spitzendecke. Eilte wieder hinaus in die Küche. Und kam mit Teekanne und Stövchen wieder. Teller und Tassen hatte sie schon auf den Tisch gestellt, als Gennadij unterwegs war, um Viktor abzuholen.

Endlich setzte sich auch Valentina. Aufs Bettsofa. Neben ihren Mann. Musterte ihren Sohn mit sorgenvoll gefurchter Stirn.

„Du bist schmal geworden, Vitjuschka. Hast nicht genug zu essen bekommen?" Voller Mitgefühl ruhten ihre Augen auf dem Sohn.

„Das Essen war voll Scheiße, Mama."

„Was gab's denn zu essen?" Schaltet sich Gennadij ins Gespräch ein.

„Mittags so'n Pams. Und morgens und abends dunkles Brot. Nie Weißbrot. Und immer Karnickelfutter."

„Was ist das denn?" Will Gennadij wissen.

„Na, Gurken, Möhren, Äpfel und so'n Mist."

„Aber das ist doch ganz gesund." Mischt sich nun Valentina ein.

„Ja, schon. Aber 'n bisschen mehr Fleisch wär mir lieber gewesen."

„Gab's denn mittags kein Fleisch?" Fragt Gennadij.

„Doch. Aber nich' viel. Stückchen in der Suppe. Mal 'ne Frikadelle. Mal 'ne Bratwurst. Aber ich will jetzt nich' mehr drüber reden. Was is' mit Kolja?"

„Stell dir vor, er ist ausgezogen. Einfach weggegangen. Hat seine armen Eltern verlassen. Ohne eine Träne zu vergießen."

„Ganz so dramatisch hat sich das nicht abgespielt." Widerspricht Gennadij den Klagen seiner Frau. „Er ist runter zu den Engels gezogen. Die haben mehr Platz. Da kann er nach der Schule zusammen mit

Natascha das Baby versorgen. - Und du hast euer Zimmer jetzt für dich alleine."

„Na toll!" Ist Viktors Kommentar. Wobei unklar blieb, worauf sich der Kommentar bezog.

Viktor ließ sich von der Mutter noch ein zweites Stück Kuchen auf den Teller legen. Genoss die süße Leckerei nach der kargen Kost in der JAA.

„Wie geht es dem Baby?" Erkundigt er sich. „Ist es am Vormittag bei uns?"

„Nein, diese Woche wird Irina von Olga versorgt." Erklärt Valentina. „Nächste Woche habe ich sie wieder. Sie ist ein ganz liebes, freundliches Kind. Lächelt oft. Ganz süß." Valentina kam ins Schwärmen.

„Kommt Kolja heute noch rauf?" fragt Viktor.

„Kann sein. Kann auch nicht sein." Sagt Gennadij. „So genau wissen wir das nie. Meist kommt er spontan. Sozusagen als Überraschung."

„Na gut. Wenn er nicht raufkommt, werd ich morgen mal runtergehn und die glückliche Familie besuchen. Sehen, wie's meiner Nichte geht. Und wo ist Mascha?"

„Diesen Namen will ich in diesem Haus nicht mehr hören!" Schreit Valentina. Sprang aus ihrem Sessel. Stampfte schwer atmend hinaus. Dann fiel die Küchentür, die sonst immer offen stand, krachend ins Schloss.

Gennadij seufzte. Hob hilflos die Hände. Sah Viktor prüfend in die Augen. Wie würde der reagieren? „Mascha ist ausgezogen. Du hattest gerade deinen - - „Urlaub" angetreten. Sie wohnt jetzt bei ihrem Freund Aslan."

„Ah ja." Sagt Viktor nur. Und dann: „Ich pack dann jetzt mal aus." Er stand auf. Reckte sich grunzend. Verschwand im Gemeinschaftszimmer. Das nun seines war.

Nach einer Stunde erschien er in der Küche. Wo Valentina Bohnen schnippelte.

„Wann gibt's Abendessen, Mama?"

„Um sieben. Wie immer."

„Okay. Ich bin dann noch mal weg."

„Wohin gehst du?" Fragt Valentina noch.

Die Frage hörte Viktor nicht mehr.

5

Nach dem Leistungskurs Physik hatte Nikolaj einen Leerlauf von drei Stunden. Also nix wie ab nach Hause. Natascha saß noch im Grundkurs Deutsch. Nach einer Stunde Pause ging es für sie weiter mit dem Leistungskurs Biologie. Baby Irina war heute Vormittag bei Oma Valentina im zehnten Stock. Vadim arbeitete sowieso ganztags. Und Nataschas Geschwister Sonja und Pawel schwitzten in der Schule. Nur Olga würde also zu

Hause sein. Das versprach ein bisschen Ruhe und Entspannung.

Die waren auch nötig. Denn die letzten Nächte hatten ihm und Natascha einiges abverlangt. Irina ging es nicht gut. Ein böser Husten quälte sie. Das hielt die Eltern in der Nacht auf Trab. Denn immer wieder musste Natascha das Baby hochnehmen. Um es nach einem Hustenanfall zu beruhigen.

Auch Olga war nicht zu Hause. Stellte Nikolaj fest. Vielleicht war sie einkaufen. Umso besser!

Der Rucksack flog in eine Ecke. Nikolaj warf sich auf das Bett 'von der Größe eines Fußballfeldes'. Sank augenblicklich in tiefen Schlaf.

Als Natascha am Mittag nach Hause kam, schreckte er hoch. Schaute auf die Uhr. „Scheiße! Grundkurs verpeilt!" Fluchte er. Sprang auf. Umarmte Natascha. Gab ihr einen leichten Kuss. Erst auf die Nase. Dann auf die Lippen.

„Hat meine Mutter Irina schon gebracht?" Fragt er.

„Ja, gerade. Sie schläft. Ich hol sie gleich rein. Die Schale steht in der Küche."

Natascha zog ihre Jeansjacke aus. Streifte die Ballerinas ab. Und ging barfuß in die Küche. Kam mit der schlafenden Irina in der Babyschale zurück.

„Gehst du noch zum Kurs?" Fragt Irina.

„Nee. Ist jetzt zu spät. Bringt nichts mehr. Muss morgen Volodja fragen, was Sache war."

„Ist Olga da?" Fragt Nikolaj.

„Nein. Sie ist wahrscheinlich schon los. Zur Arbeit."

„Ja, wahrscheinlich. Vorhin, als ich gekommen bin, war sie auch nicht da."

„Vielleicht einkaufen." Was sollte das Gelaber über ihre Mutter? Natascha zeigte sich leicht genervt. „Übrigens – ich bin heute Abend bei Tanja. Lernen für die Bio-Klausur."

„Das geht nicht."

„Wieso geht das nicht?"

„Weil ich auch verabredet bin. Mit ein paar Kumpeln."

„Auch zum Lernen?"

Nikolaj zögerte. Sollte er ja sagen? Obwohl es nicht stimmte. Er wollte nach langer Zeit endlich mal wieder mit ein paar Leuten um die Häuser ziehen.

„Nein. Nicht wirklich." Er hatte sich für die Wahrheit entschieden.

„Na, dann könnt ihr euch doch auch an einem anderen Tag treffen."

„Das lässt sich jetzt nicht mehr ändern. Es war schwer genug, sich auf einen Tag zu einigen."

„Aber einer von uns muss sich um Irina kümmern."

„Vielleicht könnte Olga mal auf Irina aufpassen."

„Sie versorgt sie doch schon vormittags. Wir können sie ihr nicht auch noch am Abend aufhalsen."

Nikolaj zuckte die Achseln. „Es wäre ja nur ausnahmsweise. Und wenn sie zu Hause ist ... Sie müsste doch nur ab und zu nach ihr sehen."

„Hast du die letzten Nächte vergessen? Irinas Hustenanfälle?"

„Nein. Aber sie hat doch jetzt auch die ganze Zeit nicht gehustet."

„Und wenn doch?!" Allmählich stieg Wut in Natascha hoch. „Es ist genau so, wie ich es mir vorgestellt habe, Kolja. Du machst dir 'n schlanken Fuß. Und die Arbeit machen andere. Ich oder meine Mutter. Oder irgendwer." Mit jedem Wort war ihre Stimme lauter geworden.

„Wie kannst du so was sagen, Tascha?!" Wehrt sich Nikolaj empört. „Seit ich bei euch wohne, bin ich jeden Nachmittag hier gewesen und habe mich genauso um Ira gekümmert wie du. Das hast du wohl vergessen!"

„Aber die ganze Zeit vorher. Da bist du nur am Wochenende hier gewesen. Hast in der Woche Party machen können, so viel du wolltest. Ich würde mich auch gern mal wieder mit Freundinnen treffen. Schoppen gehen. Oder zu Dima. 'N Eis essen. Seit Iras Geburt bin ich nicht mehr weg gewesen. Wenn ich gewusst hätte, dass das nur noch Schule und Kind und Kind und Schule ist ..."

„Ja? Was dann?"

„Ach, vergiss es! Mach du heute Abend ruhig mit deinen Leuten rum. Ich sag Tanja ab. Lern ich eben nicht. Bleibt ja sowieso alles immer an mir hängen. Ob ich so das Abi schaffe, ist noch die Frage. Aber ist ja sowieso alles egal."

Brennender Zorn kochte in Nikolaj hoch. Was Natascha ihm da vorwarf, war einfach ungerecht. Und stimmte nicht. Denn in der Zeit vor seinem Einzug bei den Engels hatte er überhaupt keinen Drang gehabt auszugehen. Mascha war ausgezogen und Viktor hatte die Gerichtsverhandlung vor sich. Und nachfolgend den Aufenthalt in der JAA. Alles musste strengstens geheim gehalten werden. Auf Geheiß von Valentina. Familienleben war zum Stillstand gekommen. Nikolaj hatte sich in das Gemeinschaftszimmer verkrochen. Wie in eine dunkle Höhle. Aus der er nur zum Schulbesuch auftauchte. Und ab und zu zum Essen.

Mit einem Bauch voller Wut konnte man nur ausflippen. Brüllen. Das brachte nichts. Deshalb schnappte sich Nikolaj wortlos seine Jacke. Verließ das Zimmer. Ohne Natascha noch einmal anzusehen.

6

Drei Monate waren seit ihrem Gespräch vergangen, als Gennadij seine Tochter anrief. Als

Mascha auf dem Display sah, wer der Anrufer war, machte ihr Herz heftige Sprünge. Die Funkstille zwischen ihr und dem Rest der Familie hatte ihr sehr zugesetzt.

Nicht einmal Nikolaj hatte sich bei ihr gemeldet. Zwischen ihm und ihr hatte immer ein guter Draht bestanden. Etwas wie ein verborgenes geheimes Band. Aber jetzt? Nichts. Kein Anruf, keine SMS, keine E-Mail. Von einem Treffen gar nicht erst zu reden. Ihre Nichte hatte Mascha auch schon lange nicht mehr gesehen. Das geheime Band war offenbar zerrissen.

Drei Monate waren eine lange Zeit. Wenn man voller Ungeduld wartete. Jetzt endlich eine Nachricht. Fragte sich nur, welcher Art die war.

„Hallo Papa!" Erwartung und Unsicherheit in der Stimme.

„Hallo Mascha. Wie geht es dir?"

„Danke. Ganz gut. Ich habe angefangen zu studieren."

„Und? Wie ist das so? Das Studieren."

„Gut. Macht Spaß." Wann kommt er endlich auf den Punkt? Mascha versuchte zu ergründen, ob diese Fragerei ein gutes oder schlechtes Zeichen war.

„Fährst du zusammen mit Aslan in die Uni?"

„Nein. Wir haben zu unterschiedlichen Zeiten Vorlesungen und Seminare. Er ist ja schon viel weiter als ich."

„Dann ist er bald fertig?"

„Ja, in einem Jahr." Mascha hatte Mühe, Ruhe zu bewahren. Inzwischen war sie überzeugt, dass es sich hier nur um ein lockeres Geplauder handelte. Um den Kontakt nicht gänzlich zu verlieren.

„Das ist schön. Wird er denn danach Arbeit finden?"

„Wir hoffen es. Es sieht auch ganz gut aus." Geht das jetzt ewig so weiter? Fragte sich Mascha.

„Ja, also ich habe nun immer wieder mit deiner Mutter geredet. Es war ein hartes Stück Arbeit. Aber schließlich hat sie eingesehen, dass die Familie auseinanderbricht. Wenn sie bei ihrer harten Haltung bleibt. Und das will sie nicht. Wir erwarten euch also Sonntagnachmittag um vier."

„Aslan auch?"

„Ja, Aslan auch."